母親病

森美樹

新潮社

母親病　目次

装画　夜久かおり

母親病

やわらかい棘

母が、私の髪飾りを燃やしている。

庭で、西日が身体をすべり輪郭が艶《つや》めいていく中、母は枯葉を集めて山にした。そうしてマッチで火をつけ、私の髪飾りを放り込んだのだ。

色とりどりのビーズは弾け、リボンは瞬く間に焦げていった。母が私のために作ってくれた髪飾りが、母の手でなきものにされていく。幼き日、私は物陰で息をひそめていた。まるで私自身が、黒く塗りつぶされていくようだったのだ。


人間の脂肪はプリンのような色だと、おしえてくれたのは俊彦《としひこ》だった。珠美子《すみこ》、なんだかんだ言っても男は脂肪が好きなんだよ、ともささやいた。確かに脂肪は必要不可欠だが、過剰になると人は減らそうと躍起になる。吸引したり、なかったことにしたり、かつて自分の一部だったものを捨てたいと願う。

テレビで経済ニュースが流れる中、ローテーブルを占拠した数々の試作品プリンをひと匙《さじ》ずつ、すくっては口に入れ飲み込む。ひんやりと私の胃に落ち、やがて身体を侵食してゆく。『とろふわ』や『濃厚リッチ』等、おのおのキャッチコピーがついている。たかだかコンビニ用商品なのに、とうんざりしつつ吟味し、Ｅｘｃｅｌファイルの評価シートにチェックをつけコメントを書く。市場調査を経て絞り込まれたこの六品について、私が作成した資料をもとに最終選考会議が行われる。昨年、リサーチ会社と共同で企画した有名パティシエとファミレスのタイアップ商品をヒットさせてから、部内だけではなく社内でも私は一目置かれるようになった。情報力に長《た》けている同僚を差し置いて、私の味覚やセンスが秀逸だと信頼をよせられるのは名誉かもしれないが、所詮はお毒見係という気もしてしまう。

と以前、俊彦にぼやいたら、

「俺も、お毒見係だったのかもな」

とからかい、私の腹をつまんだのだ。

「女の？」

と問い詰めたら、

「珠美子の」

と確固たるまなざしを私に向けた。身体の風とおしがよくなると、心の靄《もや》まで晴れるのだろうか。私の中の珠美子が、剝き卵みたいにつるりと脱皮したのだ。

視線を外さず俊彦は、

「死ぬ覚悟で毒見するなんて、一生に一度くらいじゃないか」

と息を漏らした。私の部屋で、汗だくになった後である。私にとっても一生に一度だった。

初めて、他者が私を認めてくれたのだ。珠美子というひとりの人間を、女を、尊重してくれた。

思い出しついでに、プリンの評価まで甘くなりそうだ。コンプライアンスが厳しい昨今、商品サンプルを自宅に持ち帰るなど言語道断だが、私に対しては上司も黙認してくれる。あるいは、黙認するしかないのだ。上司は俊彦で、私達は不倫しているのだから。

「プリンと不倫って、似てるわ」

つまらなさを卑下するように笑ってみたら、お腹が波打った。私は、ここ数年ですっかり太ってしまった。

床に放置したスマートフォンが振動する。LINEに「今、目白駅。これから帰る」とメッセージ。俊彦だ。

『低糖質で罪悪感ゼロ』と記された付箋を剝がし、添加物が多そうなプリンを一気に食す。

「罪悪感ゼロ、か」

情緒が安定し身体が肥えたのは、関係も安定した証だ。

ノートパソコンをバッグにしまい、シンク上の棚に常備したアルコール軽めのフルーツビールを冷蔵庫で冷やす。

テレビのデジタル表示は23：12。疲労を含んだため息もどこか甘く、まだ揺るぎなく好きなのだと思い知らされる。入浴後一時間は経過した素顔に軽くメイクを施し、着古したスウェット上下からオーガニックコットンのマキシワンピースに着替えたところで、チャイムが鳴った。

『俺』

「今、あけるわ」

エントランスのオートロックと玄関を解錠し、窓をあけ放つ。

殺風景なベランダで、束の間、風にあたる。十一階建てマンションの四階。繰り広げられる夜景は、星々よりも街の光が勝っている。

「珠美子」

俊彦は、ただいまとは言わない。私は窓をしめ、小走りで俊彦によりそう。おかえりなども、言わない。

「フルーツビールでいいわよね」

「ああ」

俊彦から鞄を受け取り、トレンチコートに鼻先をよせる。枯葉とアルコールの匂い。

ローテーブルに並んだつまみ、ナッツとチーズ鱈を一瞥《いちべつ》した俊彦が、あぐらをかきクッションを膝に乗せた。

「なんか、こう、和っぽいものない?」

私は冷蔵庫を覗いて固まった。調味料や真空パックのサラダチキンに挟まれてタッパーがふたつある。

「ないことはないけど」

「接待が鉄板焼きで、かなりこってりしててさ。口直ししたいんだよ」

右のタッパーには切り干し大根が、左のタッパーにはひじきと大豆の煮物が詰められている。

私は切り干し大根を小鉢に盛った。

「はい、和」

「あれ、まさかの手作り？　嘘だろ」

「嘘じゃないわ。でもよくわかったわね」

私は料理をしない。食べ歩きが仕事の一部だし、取引先からのいただきものも多く、手作りする必要がないのだ。

というのは理屈である、勿論。

「伊達《だて》に長年、食品会社に勤務してないよ」

伊達に長年、私と付き合っているわけじゃないのだ。

俊彦はうれしそうに切り干し大根に箸をつけ、一口食べてすぐに箸を置いた。

「評価は」

私は言った。髪を無造作に結わき、和物菜のレトルト食品はなかったか考えを巡らせキッチンへ戻る。窓に不機嫌そうな私が映った。

嫌になるな、この剛毛に縮れ毛。

「いいよ、もう寝よう」

評価はなしか。

「帰らなくていいの？　奥さん平気？」

「さっきＬＩＮＥしておいた」

「そう」

キッチンではなくバスルームへ行き、追い焚きのスイッチをオンにした。

なんとなく私も一緒に風呂につかり、空気を取り繕うようにセックスをした。どの時期にどの部分が敏感になるか熟知した俊彦は、あるいは鈍さの中から鋭さを呼び覚ますように、私の身体を的確にとらえる。内側も外側も、手探りせずに最高潮に持っていくのだ。私は安心して身を任せ、頃合いを見て律儀にお返しをする。喘ぎ声などなくても、皮膚の質感や湿り気を私の細胞が捉え、秒刻みで俊彦を感知していく。表になったり裏になったり、互いの身体を舐め、味わい尽くす。同じ身体なのに同じ時はなく、まだここには恋があるのだと安堵した。

プリンの甘ったるさが未練がましく部屋でくすぶる。翌日は微妙に時間差で出勤せねばならないことを思うと、隠し事のこそばゆさと面倒臭さがないまぜになった。

目が覚めたのはアラームではなく着信音のせいだった。スマートフォンをタップすると十時を少し過ぎていた。見慣れない番号が表示されている。

「……なんだ。珠美子も今日、午後からだろう」

半休を取得していた俊彦は、まだ眠いというように隣であくびをした。スマートフォンの向こうは異世界のようにざわめき、男が嚙み砕くように丁重に用件を伝える。窓をあけたら、澄みきった朝陽がまぶたにふりそそぐ。

「珠美子、どうしたんだ」

背後で、俊彦が心配そうに尋ねてくる。

「母が亡くなったって。他殺か自殺か事故死か、死因は不明だって」

朝の、どこか薄寂しい雲に、私の声が吸い込まれていった。

会社を欠勤し目白から三鷹の実家に直行すると、住人に合わせて息絶えたというように実家は精彩を欠いていた。警察官が数人、我が物顔で行き来し見分している。そのうちのひとりをつかまえて、身分証明書を提示した。私が母、つまり死亡した藤井《ふじい》園枝《そのえ》の娘だとわかると、

「ご自宅で待機するよう、言われませんでしたか」

静かに諭された。母が死んだと連絡をもらって、のんきに待機していられるだろうか。無論、家には入れてもらえない。

「ご遺体は検案が必要となります。事故死、自殺、孤独死、他殺。いずれも考えられます」

警察官は無機質な態度だった。

こういう時は、号泣すべきなのだろうか。

「……母は」

「警察署に保管されています」

宅配便の荷物のように運ばれたのだ。

「母は、人、ですよね」

警察官は口をとざした。私の実家なのに、私だけがこの世界からはみ出している。額を押さえながら、スマートフォンでタクシーを手配した。実家の住所を告げるさい、喉がつかえた。

母はもう、いない。

『検案の結果、死因が特定できず、遺体は解剖に回されます。事件性は極めて低いと見られますが……』

スピーカー機能をオンにしたスマートフォンで、警察官が力説している。流しっぱなしにし

たラジオのように、私はうわの空で聞いていた。ほんの半日前まで俊彦と丸まっていたベッドで、今はひとり丸まっている。

翌日は普段通り出社し、条件反射で動く身体に任せて仕事をこなした。頭の中では事故死自殺孤独死他殺という、職務上の泰然とした声がらせんになっている。事情を知る俊彦に陰で気遣われるたび、奇妙だけれど、母という存在が浮き彫りになった。すっかり縁遠くなっていたのに、俊彦という私の男をとおして、数日前に生々しい口論をしたばかりだ。意思疎通はもう無理だとやぶれかぶれになった。断絶を覚悟した時はまだ、極細の糸でつながっていた。本当の断絶は、いきなりやってくる。

翌週、再度警察から連絡が入り私はすぐに赴いた。遺体安置所に通され、全身を白い布で包まれた母と対面したのだ。ドラマでよくあるシーンに、自分が組み込まれた。ラジオの次はテレビか、とぼんやり思う。未だに頭が、現実を拒否している。

「ご遺体の確認をお願いできますか」

警察官というのは、皆が皆、無機質なのだろうか。言われるがまま私は母へと歩みより、白い布をそっとめくった。

奥ゆかしく高貴な、確かに私の母だった。

「……はい」

一番近いはずの身内の死は、一番虚《うつ》ろで、遠い。

別室にとおされ、説明を聞いた。

第一発見者は、午前出勤だった訪問ヘルパーの平沼光世《ひらぬまみつよ》だった。母は六十六歳で通常は介護など不必要だが、股関節を手術して以来、折々世話になっていたのだ。

私の父は昨年先立ち、母の身内は私しかいない。とはいえ大学を卒業してすぐに一人暮らしを開始し、仕事の忙しさにかまけて滅多に実家へ足を向けることはなかった。父が亡くなってからはさらに足は遠のき、訪問ヘルパーは私にとってもありがたかったのである。

とにかく、光世がチャイムを鳴らしても一向に返事がなかった。ドアノブを回しても当然施錠されている。試しに光世は、玄関先の植木鉢の下を探ったそうだ。早朝訪問のさいは勝手に入っていいと許可は得てあり、鍵の隠し場所が植木鉢の下だったのである。鍵を発見した光世は、リビングでこと切れた母に出くわしたのだ。

キッチンのゴミ箱にはオーブンシートや無塩バターの銀紙、卵の殻や薄力粉の袋などが捨てられていて、それらはすべて家にあったものだという。床には吐瀉物とクッキーの破片があり、胃の内容物を分析した結果、小麦粉や砂糖や卵に混ざって有毒植物のドクウツギが含まれていた。

ドクウツギ。初めて耳にしたが、いかにもおどろおどろしい。

「母も、お毒見係だったのでしょうか」

死因を聞いた私の第一声がこれだ。警察官には怪訝《けげん》なまなざしを向けられた。

「ドクウツギは、トリカブトやドクゼリと並ぶ日本三大有毒植物の一種ですよ。山地や河川敷などの荒地に自生しています」

「母が、山に登ったと……」

避暑地以外の山を、母が好むだろうか。

「お母様は、ガラスの小さな瓶を握りしめていました。その中にドクウツギが入っていたのかもしれません」

「……母が、山でその、ドクウツギを採ってきたっていうんですか」

登山、ましてや荒地など、母のイメージと対極ではないか。

「自殺か、他殺の疑いも捨てきれません」

「自殺か他殺。母がですか」

「ええ。今の段階では、自殺の線が濃厚ですが」

今後、調べを行うという。ひととおり説明を聞き終え、あとは遺体の処理をどうするかという話になった。

「そちらで、運んでもらうとかそういう……」

遺体を直接火葬場へ運んでもらうサービスを利用した。命が消えた状況に耐性ができると、母子といえど物扱いしてしまうのか。私までが数多《あまた》の警察官のように、無機質になっている。悲しいとかさみしいという感情すらわかず、涙一粒こぼれないのだ。たたみかけるような非現実的な現実が、そうさせている。さもなければ、母の死そのものよりも私自身が情けないではないか。


母が死亡して二週間が経過した。私は化石のようになった実家で、警察から返却された母のスマートフォンに残された写真を、日付の古いファイルから順に調べている。ひとつだけロックがかかったファイルがあるのだが、解除するためのパスワードはてんで見当がつかない。事件性が疑われたとしても、あやしげなアプリなどのツールは使用されていなかったし、メールやメッセージも些々《ささ》たるものだ。警察も注視すべきものはないと見なしたのだろう。

はなから自殺、他殺、どちらも釈然としないのだ。しかし保存された画像は最近の日付ばかりで、死とはほど遠く、どれも生気にあふれていた。自宅のリビングでソファにもたれる母、庭で薔薇《ばら》を背にした母、枯葉を手にすくう母。構図は平凡で拙《つたな》いだけに、よりいっそう不気味だった。表情に垣間見えるのは、鋭利な刃物で大胆に削るといった危うさだ。死とは対極にあるエネルギーと膨大な数に辟易し、スワイプするのを途中でやめてしまった。

五年前、父は脳溢血で倒れ半身不随になり、のちに認知症を発症した。訪問ヘルパーの手を借りつつも、介護は母が取り仕切っていた。当時は疲労感が滲み出ていた顔も、すでに色艶がよみがえってきている。これらはすべて自撮りだろう。友人か知人が撮ったのなら、一緒に写った写真がありそうなものだが、ここには母しかいない。

私が知る母には、自撮り写真に酔うような自意識過剰さはなく、慎ましやかな振る舞いを美徳とする古風なタイプだった。なまじ品よくまとまった容姿をしていたので、存在は薄いのに存在感は強いという、異彩を放っていたにしても。

ふっと息を吐き、とりわけ母が執心していた冷蔵庫をあけると、空気の隙間がないほどタッパーが積まれていた。

すべて母の手作りである、勿論。

上段にはバットに並べられたりんご飴がふたつあり、妙に場違いだった。しかもひとつは食べかけで、串がはずされている。

これも母の手作りだろうか。

冷蔵庫をしめ、扉に額をあてた私から漏れたのはため息だった。なぜ私はこんなにも冷静なのだろう。母を悼みもせず、運ぶとか、自撮りが多いとか、私の機能全部が母の死を拒絶しているのだろうか。辛辣な言い合いが、最後になってしまったために。

玄関に人の気配がした。警察か葬儀屋か、近所のお節介な人々か。結わえた髪をほどき、頭を振る。母の髪は猫っ毛だったと唇を噛みしめてドアをあけると、職業不詳の若い男がいた。

「園枝さんは、本当に亡くなったんですか」

古着らしき黒のＭＡ‐１ジャケットに着られたようななりで、うつむき加減ながら端然と話す。二十代半ばだろうか。

「はい」

ドアノブに手をかけたまま私がこたえると、男は肩を震わせ、こぶしを握りしめた。

やがてうなだれ、玄関の大理石に水滴が一粒二粒、落下していく。見る間に男は突っ伏し、こらえるように嗚咽した。

「あの、大丈夫ですか」

まるで身内以上の、悲しみの在り方ではないか。顔立ちは端正な部類に入るだろうが、人を寄せつけない険しさもある。長身だけれど細身で、どこか頼りない。全身で威嚇している小動物のような男と母の結びつきを、必死に考えたがお手上げである。

「……大丈夫なんかじゃない」

男は、ふらつきながら立ち上がり、袖口で乱暴に顔をこする。

「やっぱり、信じられない」

男は呻き、あてどなく歩いていく。

男の涙が、大理石でささやかな水たまりになっていた。

母の輪郭は随分となめらかで、幼い私でさえ、男の人が夢見る女体はきっとこんな風だろうと確信したものだ。その極上のバランスで脂肪がついた身体はいつも、レトロなエプロンで包まれていた。

母の趣味は家庭だと断言できる。家には母手作りの品があふれ、無論料理にもすべて母の工夫が成されていた。私は、母や母が整えた家を自慢したくて、幼稚園の友達を数人自宅に招いた。初冬だった。母は園児達をみかんといちごのミルク寒天でもてなし、私を誕生日席に座らせた。私の頭には、母が作ってくれた髪飾りがのっかっていた。


暖房でまんべんなく暖められた部屋に、無邪気な笑い声と口さがない話声が広がる。

「珠美子ちゃんのママってすごくきれい。珠美子ちゃんとちっとも似てないね」

「ママと同じ髪飾りしてるのに、珠美子ちゃんの頭、ウニになってる」

「ほんとだ。とげとげして、ウニみたい」

私は、憧れの姿と自分を混同していた。他人の評価を目の当たりにしてようやく、現実と幻想の落差と、劣等感を覚えたのだ。手にした銀のスプーンに映っていたのは、歪んだ私の顔だった。

「おやつのおかわり、いかがかしら」

母が笑顔で問いかけると、友達は嬉々としてガラスの器を差し出した。それらをトレイにのせ、去り際に母は私の髪飾りを奪ったのだ。何食わぬそぶりで、エプロンのポケットにしまった。

翌日、母は庭の片隅で枯葉ごと私の髪飾りを燃やした。母の行動には、一切の迷いがなかった。空に昇る一筋の煙を根絶やしにするように、燃えかすに水をかけた母の、高潔で甘やかなエプロンは露ほども汚れていないのだった。

母の葬式は質素に、けれど滞りなく終了した。参列者は数名の親戚縁者と、父の介護でも世話になった『なごみの手』から代表として光世、それに母の訃報に唯一涙した男、聖雪仁《ひじりゆきひと》だ。芳名帳に記入されていたのは、どこか人をよせつけない角ばった文字である。葬儀の間、この雪仁だけが目と鼻を赤くしていた。

火葬はすでになされているので時間もかからない。私は早々に帰ろうとした光世を引き止めた。

「平沼さん」

光世は足を止めつつも、背を向けたままだった。

「平沼さん。生前は母を親身に世話していただき、ありがとうございました。平沼さんのお心遣いには、母もとても感謝していました」

光世の正面に回り、やや誇張して礼を言った。

「……べつに、仕事ですから」

袱紗《ふくさ》で顔を仰ぎ、つっけんどんにこたえる。職業柄、死に目には慣れているのかもしれない。

「もういいですか。私、仕事が」

早口で言い、袱紗で顔を覆う。母にあてられた白布みたいに。

極度の人見知りというよりは、ありありと私を避けている。

「ちょっと聞きたいんです。あの男性が誰か、ご存知ですか」

母の遺影の前で立ち竦む、雪仁を顎で示す。光世が袱紗をずらし、目だけを出した。この女は、幽霊なのか。

「わ、私は知りません」

光世は雪仁に目もくれず、及び腰になった。

「本当にご存じないですか。うちで彼と出くわしたとかそういう……」

「知りませんって言ってるじゃないですか。園枝さんの甥っ子とかじゃないんですか」

袱紗を地面に叩きつけるような勢いで、一気にまくしたてる。光世の顔は真っ赤だが、癇癪《かんしゃく》というよりは恐怖がにじんでいた。なぜ、光世がこれほどまでに反応するのだろう。

「私の従兄弟《いとこ》ってこと?」

「違うんですか」

「違いますよ。母はひとりっ子だし」

「じゃあ……、隠し子、とか」

頬に手をあて、光世がやっと雪仁をちらりと見やる。

「平沼さんも知らないんですね」

「珠美子さんも、ご存知ないんですか」

光世がうつむき、また袱紗で顔を隠す。

「……」

袱紗越しに、何やらつぶやいた。

「え？」

「か、か、かっていたりして」

聞き違いだろうか。かっていたりして。

「今、なんて」

「なんでもありません」

袱紗をサブバッグにしまい、あらぬ方を向いた。

喪服は女を二種類に分ける。色っぽいか野暮ったいか。黒いタイトスカートをはいた光世は、まるで樽だ。

「もうひとつ聞きたいんです。平沼さんも警察から聞いたかもしれませんが、死因はドクウツギという有毒植物です。母には野草採集の趣味があったのでしょうか。それと、その、ヘルパーさんが料理を手伝っていたとは……」

「キッチンには入らない契約でしたし、私は何も知りません！」

金切声で質問を遮り、重たげな尻を揺らして光世は走り去った。人見知りどころではない、ここにいたくないという意思のあらわれだ。

そのわりに、雪仁には関心をよせていた。なぜだろうか。

当の雪仁は、祭壇に昇ろうとしていた。葬儀社の人の目を盗み、母の骨壺のわきから手を伸ばした。

「ちょっと、何してるの」

慌てて駆けより、雪仁の両肩をつかむ。勢いで、雪仁と私は尻もちをついた。しこたま尾骶《びてい》骨《こつ》を打ち、動けない私をよそに、雪仁はやはり転がり落ちた母の遺影ににじりよる。

「ねえ、さっきから何してるのよ」

参列者は散り、残されたのは葬儀社の面々と雪仁と私だ。異様な空気に包まれる中、誰も雪仁と私に近づかない。

「これ、俺が撮ったんだ」

「え、いつ」

「初めて山で出会った日の、半年後」

山。ドクウツギの自生地か。

「あなたが母を山に連れ出したの」

「記念日だったんだ」

私の問いなど知らぬ素振りで、伏し目がちにこたえた。

「あの、聖雪仁さん、ですよね。あなた母とはどういう関係ですか」

名前を呼ぶと、雪仁はさっと顔をあげた。

「関係って何ですか」

なぜそんなことを聞くのか、というように向けられたまるい黒目には、微塵《みじん》も私は映っていない。

雪仁が母の遺影を抱えている。一番新しい日付のものを、私が選んだ。ありとあらゆる妬みや嫉《そね》みを濾過してしまうような、清廉な笑み。不思議と、この一枚には禍々《まがまが》しさがなかったのだ。

「なんで、死んじゃったんだよ。本当に死ぬなんて」

慟哭《どうこく》し、信じられない信じられない嘘だとうわごとみたいに言う。

「……ごめん、いったん、逃げてしまった」

「え?」

雪仁の肩にふれたら、母の遺影が曇っていた。雪仁の湿った声と息で、母の遺影はなおも潤う。

「でも、園枝は最後に俺を選んだんだ」

明らかに錯乱しているとはいえ、雪仁はすこぶる正しい悲しみ方をしていた。ひとり娘なのにろくに泣きもしない私は、非道なのではないだろうか。

「選んだ、って、どういう意味」

それにさっき、逃げたと言わなかったか。

葬儀社の担当者に声をかけられたので、私はとっさに、雪仁に名刺を握らせた。

「いつでもいいから、ここに連絡して」

雪仁は遺影を私に押しつけ、姿を消した。

「少しは落ち着いたか」

二週間ぶりにマンションにきた俊彦が、さも家庭にいるというようにくつろいでいる。手土産は炙《あぶ》り秋刀魚《さんま》の押し寿司だ。

「そうね。いずれ親は死んでしまうし、六十六歳は早いほうだと思うけど、良い人生だったと思うわ。最後の半年はひとりだったにしても、夫婦仲は円満だったしね」

今のは嫌味だっただろうかと、ごまかすように俊彦の湯呑みに日本茶をつぎたした。

「俺達は付き合って十年だっけ」

気にする風もなく、俊彦は押し寿司をつまむ。以前は肉食だったのに、ここのところ好みが変わってきたらしい。

「今日は、ゆっくりできるの？」

「うん。家庭外家族って落ち着くよな」

寝転がり、私の太腿に手を伸ばす。私にだけ心を許しているという賛辞のつもりだろう。家庭外家族と呼ばれてよろこぶ女は愚鈍か、男そのものをあきらめる境地に至ったか、どちらかだ。

三十歳でマーケティング部に異動した私を何かと気遣ってくれたのが、当時四十歳で課長だった俊彦である。情報収集と称しランチを共にし、飲みにも誘ってくれた。俊彦はざっくばらんで、仕事の能力も高く脂がのっていたし、垢ぬけなくて引っ込み思案な私がもどかしかったのかもしれない。あるいは、硬い殻を破ってやろうという親切心だったのか。私にとっては初めて自分を受け入れてくれ、ずっと肯定してくれた男だ。

「そろそろ寝る?」

私の太腿に手をのせたまま床に頭をつけ、すでに寝息をたてている。俊彦はもう五十歳だ。そっと揺り起こすと、手のひらに皮膚のたるみが伝わってきた。ついうっかり、愛おしいと思ってしまう。お互い寝ぼけ眼で風呂に浸かり、身体の衰えは暗闇にあずけて、短く適切にセックスをする。

三十歳で処女なんてこわいよね、と初めての夜、自虐を込めて俊彦に言った。俊彦が深刻にならないようにと、冗談めかしたつもりだ。

「うん、こわい」

と俊彦はこたえた。私の、まださほど脂肪がついていなかった腹に鼻先をつけ、

「本当に好きになっちゃいそうだな」

あたたかい吐息で、私の皮膚を湿らせた。女を制覇した男は、自分でも本音だかお世辞だかわからずに惜しげもなく讃美するのだろう。経験もなく性に無知な女だって、男が単なる自己満足を愛と錯覚していると、本能でわかるのだ。それでもよかった。一度でも誰かに好かれれば、私は私を好きになれる。母にすら、否定された私なのだ。

物思いにふけりながら、私は腹をつまんだ。

「脂肪吸引でもしようかしら」

俊彦はこたえない。眠ってしまったのか、裸の胸がかすかに上下するばかりだ。

ベッドサイドの窓をあけると、遠くにか細い月が光っていた。

母は外で働くことを拒んでいた。省庁勤務だった父の収入は十分で、私が幼稚園に上がる前に一軒家も建てたのだし、専業主婦に安座していて問題はない。けれど自宅でティーコーディネーターやフラワーアレンジメントの教室を主宰するなど、趣味の延長で小遣いを得る主婦が珍しくなくなっても、そういった風潮をむしろ軽蔑していた。ひたすら家族の衣食住と、母自身を完璧に維持した。庭に花壇を設《しつら》え、花ではなく花を慈しむ自分に心酔していたのだ。難関と呼び声高い小学校の受験に合格した日、父には男だったらよかったと感心されたが傍らで母は切に気の毒そうに、

「男だったらよかったなんて、可哀想に。そんなこと言うものじゃないわ」

道すがら、母は父をたしなめたが、まなざしはとろりとしどけない。私と手をつないでいた父の手の、体温がわずかに上昇し、それを覚《さと》ったように、

「女は、旦那様に一生愛されるのがしあわせなのよ」

母が誇らしげに諭す。私が父の手から手を離すと、今度は母が母親ぶって私の頭を撫でた。まあ、この子の剛毛と縮れ毛どうにかならないかしら、とつぶやき、結い上げた髪からこぼれた後れ毛を耳にかけ、注意深く帽子をかぶる。あの時の母のうなじの白さを、私は一生忘れない。

儚《はかな》げでたおやかな母に反発でもするように、私は勉強に没頭した。やがて私が名だたる企業に内定を決めても、母は喜びもせず、諦念というか悟りというか、私への接し方が菩薩《ぼさつ》のようになっていくだけだった。喜怒哀楽の読めない微笑は恐ろしくもあり、腹立たしくもある。

「お母さんって、今まで一度も外で働いたことないの？」

大学卒業間際、父が不在だった夜に淡々と夕食を取りながら私は母に問うた。母は物憂げな目で天井を仰ぐ。季節ごとに新調される箸置きも、おいしいはずの母の手料理も、成人してから鬱陶《うっとう》しくなっていく。

「どうして、外で働かなくてはいけないの」

趣向を凝らした器や皿にちんまりと惣菜を盛り、細々《こまごま》と配置する。日々これ見よがしに、内なる世界を披露していた。

「珠美子。私、妻と母の役割はきちんと果たしているわ」

「母の役割？」

私は髪を耳にかけようとした。が、多毛かつ剛毛のため、反発して戻ってしまう。しかたなく、手首に巻いてあるゴムでひとつに括《くく》った。

「いつも、手首にゴムを巻いているの？」

おばさんみたい、と母が小鳥みたいに笑って、髪を耳にかけた。白く、凄艶なうなじ。

「母の役割ってなによ」

「家と身なりを整えて、常に子供の自慢でいることよ」

自己満足の極致ではないか。母の世界には私がいない。私は母の人生を引きたてる、子供という傀儡《くぐつ》なのだ。

「自慢？　本気で言ってるの」

「ええ。私は、珠美子の見本であろうと思っているの。ずっと。それなのに」

それなのに、何だというのだ。私は笑った。笑うしかなかったのだ。

「珠美子、なぜ笑うの」

「ばかみたい、と思って」

「どうして。働くほうがばかみたいでしょう」

「すいませんばかで」

即座に席を離れ、自室に籠ったのだ。隠しておいたお菓子を貪《むさぼ》りふて寝した。

あの夜、母はクローバーをあしらったエプロンを着けていた。泥つき野菜を調理しようが魚を捌《さば》こうが、一向に汚れない。それはまるで「良妻賢母」という名の正装で、常に清潔で貴い。

そしてどことなく、恐怖なのだ。

母が死ぬ数日前に、私は母を訪ねた。時期尚早だが、父の一周忌の相談も兼ねてである。私は母に、料理をおしえてくれるよう頼んだ。俊彦のもうひとつの家庭になどならないと意固地になっていた私だが、母が父をつなぎとめた功績のひとつ、料理の腕をあらためて見定めたかったのか。興味本位のしがないいやらしさが、母と子を決定的に分断した。

「料理？　あなたが？」

目を瞬かせて驚き、やがて微笑した。無理もない、生まれてこのかた母におしえを乞うなどしなかった私だ。

「ちょうどよかったわ。今、夕食用に切り干し大根を作っていたの。男の人はたいていこれが好きよ」

父が寝たきりになったのをきっかけにリフォームしたキッチンは木目調で広々としていた。俎板《まないた》には刻まれた人参と油揚げ。水をはったボウルに浸された切り干し大根を、母がていねいに絞っていく。

「ひとり暮らしだし、もう四十だし、身体のこと考えて自炊しようと思ったのよ。ねえ、エプロン貸してくれる」

「ないわ」

「え」

「ないの」

だし汁は500㎖、お酒とお砂糖は大さじ1、みりんは大さじ2、お醤油は大さじ3、つぶやきながら、母は調理していく。

「最初は、レシピ通りに覚えるのよ」

手際の良さに見惚れていた。料理の味の決め手は愛情というのは昔からの定説だが、愛情の持ちようにも才能の有無があるのだろうか。

「お母さんには、料理の才能も、愛情をそそぐ才能もあったのよね」

若干の嫌味もあったが、素直にそう思った。父はさぞかし幸せだっただろうと、食卓につく父の姿を呼び起こそうとしたが、浮かんでくるのは実体のない霧のようなものだった。

「珠美子」

菜箸を巧みにあやつる、母の楕円形の爪にはマニキュアがぬられていた。清楚で控えめなピンク。

「その人のために料理を作りたいってことは、自分をその人の中に入れ込みたいってことじゃないの」

入れ込む。たかだか料理ではないか。母は毎日、そんな野望を抱いていたのか。

「入れ込む、って、大げさな」

母がいったんガスコンロを消し、顔を上げて宣言した。

「大げさじゃないのよ」

「たかが料理でしょう」

「男の人は身体で、女の中に入ることができるけど、女は料理で男の中に入るの」

「そんな、食べ物ごときで」

「食べ物で人間はできているでしょう。でも、念が足りない場合はしくじるわ」

「念って。ホラーじゃないんだから」

笑いを含ませ私が言い捨てると、母はゆったりと私に顔を向け指に髪をからませたのだ。

「本当はそんな風に、軽口叩きたくないんでしょう。私ね、珠美子がやっと私みたいに生きてくれて、うれしいと思っているのよ」

「私みたいに?」

「女は、一生愛されるのがしあわせなのよ。たとえ、どんな関係でも」

不倫を見透かされている。母は夫、私の父に生涯愛された自負があり、口にはせずとも、私を見下していた。

「私は、お母さんみたいに、愛されるだけが女の幸せだなんて思わない。私は、仕事だって一生懸命がんばってきたの。あの人は、仕事の上でも私を認めてくれた。だからこそ、好きになった」

「女であること以外の仕事なんて」

母が、うっすらと笑う。

「ばかみたい、って思ってるんでしょう。ええ、私はばかよ。お母さんの自慢には成り得ない。言っておくけど、お母さんだって私の自慢じゃないわよ。家や身なりをいくら整えても無駄。そんなの、お母さんには一生わからないでしょうね」

語気を荒らげた私をよそに、母は、私のひっつめた髪をまじまじと見つめた。

「ねえ、その髪、ストレートパーマかけたら。縮毛矯正のほうがいいのかしら」

「髪は関係ないでしょう」

「珠美子。男の人とそういうことになったら、身体を彩るのは髪なのよ」

悩ましげに、豊かで長い髪に指をからませた。枝毛一本、ささくれひとつない。

「これじゃ、どんな髪飾りでも不格好に見えてしまうわ」

憐れむように息を吐き、ガスコンロに火をつける。青々とした炎に、私の胸は焦げそうになった。

「髪に飾りなんかつけないわよ、二度と」

「そうね。変に飾りなんかつけたら、ウニみたいになってしまうものね」

ウニ。さらりと口にした。鼻歌でも口ずさみそうな、楚々たる母の横顔。

「お母さん。昔、私の髪飾りを燃やしたわよね。庭で、燃やしたよね」

「何のことかしら」

母は、まるごとの無垢を装える人だ。意図的ではなく、家と身なりと、人生を整えるためなら、自らを心ごと騙してしまう。

「いいの、なんでもない。本当に、頭がウニになりそうだってこと」

「珠美子ったら、おもしろいわね」

嫣然《えんぜん》と笑う母が、おそろしかった。


母の遺品を整理していた休日に、ふと違和感を覚えた。父と母が長年使用していた家具が処分されているのだ。下駄箱、玄関ホールの電話台と電話、リビングにあるサイドボード、リビングと向かい合わせの洋間にあった本棚とアンティークテーブルに、オーディオセットも取り替えられている。一階奥は父と母の寝室だったが、父が寝たきりになってからは、ここに電動ベッドを搬入し父専用の部屋にしていた。それが今や納戸と化していて、リビングにあったはずの仏壇も移動されている。隣の客間は父を看護するための母の待機部屋で、シングルベッドが置かれていたのだが、セミダブルのベッドに成り代わっている。

洗面化粧室のタオル類にも、違和感があった。ブランドはテネリータ、色はホワイト一辺倒だったのに、ブルーやネイビーが混ざっている。ランドリーラックの柔軟剤は二種類、フローラル系とシトラス系。香水も含め、母は花の香りで統一していたはずだ。

バスルームのシャンプーとトリートメント、ボディソープは女性もののみだが、ボディタオルとボディブラシは複数ある。洗面台に女性用歯ブラシ、女性用シェーバーが一本ずつ。歯磨き粉が二種類。

水に一滴、墨汁をたらしたように濁った気持ちのまま、二階へ行く。

もとは私の部屋だった一室のベッドに、客用の布団がたたまれていた。

私以外が、ここで寝泊まりしたというのか。

かっていたりして。

母の葬式で、冴えないくせに腹の底で女っぽさを沈殿させているような、光世のつぶやきが私の胸を衝いた。

買って。飼って？

母は、雪仁をここに泊めていたというのか。

玄関の敷石を踏む音がした。雪仁だ。直感だった。

先にドアをあけた私に、雪仁は少なからずうろたえた。

「すいません、俺、何度か訪ねたんですけど留守で」

やさぐれた風貌に、妙に律儀でまっすぐな目。血統書付きなのに捨てられた、野良犬みたいだ。

「だから、電話をしてくれればいいのに」

「すいません」

「何の用なの」

「あの、お線香をあげさせてください」

「ねえ、あなたまさかここに住んでいたの？」

腕を組みスリッパのまま三和土《たたき》に降りた私に尻込みしてか、雪仁は髪をかき上げ目をそらした。素直でさわり心地のよさそうな髪。

踵《きびす》を返した雪仁の腕をすかさずつかむと、雪仁は氷のような目を向けた。寒気がして手を離すと、雪仁は私がつかんでいた部分を手で払う。お清めでもするように。

「俺、園枝さんが好きでした」

「え?」

「好きでした。あんなに可愛い人はいない」

「あなたの年齢からすれば、母はおばあちゃんみたいなものでしょう」

引きつった笑顔で子供に言い含めるように対峙していた私に、雪仁はゆっくりとまばたきをし、口角を上げた。

「おばあちゃんって何ですか」

やわらかな態度は、むしろ私を見縊《みくび》っているのか。私のほうが子供だと、暗に示唆するように。

「おばあちゃんはおばあちゃんよ」

「園枝さんは女の人です」

私ではなく、この家のそこここに残留する母の欠片《かけら》に言っている。

どういう意味なのだ、それは。

「……恋愛?」

さすがに飛躍しすぎだろうと自嘲気味に笑ってみたが、つい癖で髪に手をやった時、母の髪が随分と伸びていたことに気づいた。

「まさかね。母は六十六歳だし、あなたは」

「二十五です」

母は普段、きちんと髪をまとめていた。ほころびのない貞淑さを装っていたのに、警察で見せられた写真には、茶褐色に染めた髪が背中で波打ち、うつぶせで倒れる母がいた。

「恋愛なの？」

そういうことになったら、身体を彩るのは髪だと母は言った。

「恋愛って何ですか」

「聞かないでよ。ねえ、母は四十も年上の、おばあちゃんでしょう」

「女の人です」

めまいがして、足元から崩れた。雪仁の影が、私をおおう。

「大丈夫ですか」

開け放した玄関の先に花壇があり、朽ち果てた花々に混ざりひっそりと、赤い花が咲いていた。ビオラだろうか。健気というよりしぶとさを感じさせる生命力に辟易しながらも、惹きつけられてしまう。

大丈夫じゃないわよ。声にはならず吐息だけが、硬質な大理石で渦になった。

「どうしたんですか」

骨ばった指先が視界に入る。母のもの、だった男の手など借りるわけにはいかない。あまりのまぶしさに、目をそむけてしまう。

「大丈夫だから。もう、帰って」

「お線香を、あの」

「勝手にしてよ」

家の中を顎でさした。雪仁がおずおずと靴を脱ぐ。

世間知らずの母は、どこかはみ出し者のような雪仁を、放っておけなかったのかもしれない。愛玩動物の代わりにしていたのだろう。しかし歳を重ねると、他人の若さは自らの老いを映す鏡になる。日々、陰のある年若の男によって老いを確認させられるなんてたまったものではない。

上がり框《がまち》に座り、うずくまっていると雪仁が戻ってきた。

「大丈夫ですか」

「……大丈夫よ」

雪仁の足音が遠ざかっていく。


隙間なくタッパーで埋め尽くされた冷蔵庫は、円満な家庭を演出しているようだ。過去、父と母と私の三人暮らしだった頃も、私達は母によって健康を保っていたわけだが、母は母ひとりになっても、揺るぎない王国に君臨した。からっぽの冷蔵庫では女というものもからっぽになると言わんばかりに。

私の冷蔵庫には、数種類のお酒と調味料、食べるものと言えば真空パックのサラダチキンくらいしかない。干からびた女というか、女そのものに対する才能がないのだ。今更笑う気にもなれず、私は冷蔵庫の、母という女の観察を続行した。タッパーにはラベルが貼ってあり、切り干し大根もある。晩年、母は雪仁と食卓を囲んでいたのだろうか。タッパーから充満するとりどりの腐敗臭で、私はモザイクのように多彩だっただろう母の幸福を嗅ぐ。父と母は、母いわくの大恋愛結婚で、常に父は母に傅《かしず》いていた。むしろ節度に囚われすぎて人間味がたりなかったように思う。はたしてそれが、夫婦として正しい在りようだったのか。余分なくせにいつのまにか慣れ親しんでしまった脂肪みたいな不倫しか経験のない私が、審判を下す資格など毛頭ない。

母は、父が亡くなってから父の話を一切しなくなった。悲しみのあまり口にするのもつらいのだろうと、私は疑念など差し挟まなかった。

生ゴミとプラスチックゴミを分別して、最後に残ったのがりんご飴だった。ずいぶん経っているはずなのに、甘い匂いは健在で永遠のように赤い。

妙な違和感がぬぐいきれず、私はスマートフォンで画像を撮った。

あらかた片付けを終えると、足が自然と父の部屋に向かった。仏壇に鎮座しているのは、夫婦ではなく夫と妻という肩書きを境界線にした男女である。ふたり離れて、四角い枠に収まったほうが人間味を感じることなど、あるだろうか。

二本の線香が紫の煙をからませる中、私は仏壇の引き出しをあける。昔から母は、印鑑や通帳の類をここにしまっていたのだ。

印鑑に数種類の通帳、数珠《じゅず》や蠟燭《ろうそく》に混ざって、名刺一枚とＵＳＢメモリがひとつあった。

㈱ファミリータイズ
聖雪仁

０８０－××××－××××

会社員とはほど遠い雪仁の風貌から、名刺がダミーという可能性もある。そして神仏とは不釣り合いなＵＳＢメモリ。

母の部屋にノートパソコンはあったが、なぜこれだけがここにあるのだろう。

遠くから、スマートフォンの着信音が聞こえる。整理しているはずなのに雑多で困ったものばかりがあふれた床を歩き、玄関先に放置してあったバッグを取る。発信者は俊彦だ。休日だというのに、私に連絡してくるなんて。

「どうしたの？　何かあった？」

『いや、最近いろいろあったから気になって』

「そうね。でも、大丈夫よ」

『元気なさそうだぞ』

「平気よ。俊彦こそ大丈夫なの」

『ちょっと外に出てきたから、大丈夫だ』

危険を冒してまで連絡をくれるのは、やはりうれしい。

窓をあけたら、庭木が一斉に身震いした。朱色に薄墨を流したような空に、半月が佇《たたず》んでいる。

四十歳になって、休日に一度だけ俊彦の自宅を訪ねた。俊彦には内緒で、家庭内家族と俊彦がどう過ごすのか、私の知らない俊彦を覗いてみたかった。いっぱしの不倫だな、と自分を嘲りつつ、十年目のけじめと言い訳して、とにかく私は私の、泥のように深く醜い感情に従ったのだ。調布の古い戸建てで、ガレージにはＢＭＷグランツアラーがあった。昼過ぎに、買い物でも行く風情で妻と娘が出てきた。門柱に隠れて息をひそめた自分を、私は軽蔑したのに、私ときたらちっともやめてくれないのだ。妻は品よく清楚で、娘も母の性質を見事に継承し、可憐で瑞々《みずみず》しかった。欠点を探そうと血眼になる私は、ただ泥に沈んでいくしかない。あの妻が所有する冷蔵庫は、手作りの惣菜が窒息するくらい詰まっているだろう。

数日後、意を決して早朝に出社した。

仏壇にしまってあったＵＳＢメモリを確認するためだ。社員が出そろう前に、ノートパソコンに謎のＵＳＢメモリを差し込む。自宅で対峙するより、会社のほうが理性を保てる。私の心配をよそに母のレシピ集や旅行記かもしれないが、雪仁との淫行が収められていないとも限らない。

まだ空席の俊彦もとい片岡《かたおか》部長のデスクを一瞥する。年齢のせいか、俊彦は近頃めっきり勢いを失った。三十歳で身体をひらかれてから、私は俊彦に馴染み、俊彦に仕立てられた。心は特に会いたくないのに、身体は会いたいという不純さに夜な夜な苦しんだりもした。排卵日から生理前まではとりわけ、身体のあちこちが敏感になる。さわってもらう回数で、生理痛やＰＭＳまで変化するのだ。うんざりする反面、誇らしくもあるという矛盾を抱えた。男そのものに合わせて自在になった弾力と、男を意識するがゆえに制御不能になった皮膚感覚が悩ましく、女友達に苦し気に打ち明けたかった。性に翻弄されているという悩みは、女にとって格好の自慢話だ。処女発不倫では、滑稽すぎて黙秘するしかないのだけど。

外線電話が鳴る。懇意にしているリサーチ会社の企画部部長だ。昨年、タイアップ商品を作った時にお世話になった。プレゼンには俊彦とともに参加したが、仕事そのものは私が担当していた。今回は俊彦抜きで話があるという。ランチミーティングの約束を交わしたところで、俊彦がやってきた。結局、確認は保留となった。

「部長、顔色がさえないようですが」

「ああ。朝食が胃にもたれてね」

リフレッシュコーナーに行こうとした俊彦を阻み、私は自分用にコーヒーを、俊彦には白湯《さゆ》を用意し胃薬を添えた。礼を言う俊彦の肩越しに、細面で涼しげな妻の顔が浮かぶ。髪は短かった、とオフィスの窓を鏡代わりに、無造作に髪をゴムで括った。

昼休みに、リサーチ会社の企画部部長が指定した懐石料理屋へ向かった。ランチミーティングは、いわゆるヘッドハンティングである。私の仕事ぶりを買っての申し出であるが、店の趣と評判、昼間なのに離れを選んでいることなど、女としても認められた錯覚をあえて起こしてしまうのは、性《さが》だろうか。

「コンビニ向け商品、『低糖質で罪悪感ゼロ』に決まったそうだね。あれは藤井さんの意見ではないだろう」

「片岡部長が最終決断をしました。私は『素材の極み』を推したのですが」

「だろうね。味覚もセンスも、藤井さんの方が優れていると思うよ」

「ありがとうございます」

磯貝の山葵《わさび》和えや太刀魚の檸檬《レモン》焼きに箸をつけつつ、先方にたっぷりと気を持たせ、返事はうやむやにしておく。

企画部部長と別れ、コンビニを数軒回ってから直帰すると会社に連絡した。『低糖質で罪悪感ゼロ』のプリンは、どこの店舗でも今一歩の売れ行きだ。ひとつ購入し、自宅で食べてみる。芳醇さもまろやかさもお粗末だった。舌の肥えた消費者が多い昨今、安価でも本格的な商品が要求されると主張したのに、俊彦は健康ブームを鵜呑みにした。狙いはわかるにしても、スイーツなんて栄養的には無用なのだから、快楽だけを追求すればいいのだ。罪悪感も罪悪もあるからこそのおいしさに、人々は弄ばれる。とはいえ、みだりに摂取してしまうと、おいしさは余分な脂肪に成り下がり、身体にへばりつく。過剰な脂肪なんて不倫みたいなものだ。

「プリンと不倫って、似てるんだし」

ひらきなおってみてもやっぱり笑えず、私は黙々とプリンを食べ終えた。

冷蔵庫をあけると、雑然とした中にふたつのタッパーが陣取っていた。右のタッパーには切り干し大根が、左のタッパーにはひじきと大豆の煮物が詰められている。

切り干し大根は、インターネットの料理サイトを参考に私が作ったものだ。ひじきと大豆の煮物は、母が作った。

母に手料理をおしえてもらいながら口論になり実家を飛び出した翌々日、母からクール便で荷物が届いた。母特製の漬物や干し芋に混ざって、厳重に梱包されたタッパーが入っていた。

ご丁寧にメモまで挟んであり、

『ひじきと大豆の煮物も、男の人は好きよ』

言付けに続き、切り干し大根のレシピが記してあった。私はすかさず破った。

「……セックスがしたい」

冷蔵庫に頭を突っ込む。プリンだけでは足りない。食欲と性欲は連動している。

セックスの代わりに料理をしてみようか。自分だけのためにするなんてまるで自慰行為だと、ショーツに指を滑り込ませてみる。抜かりなくしめったそこに感心し、俊彦がいなくても、俊彦はそこここにいるのだと、意識的に安堵してみた。

目をとじる。私の身体にいるのは俊彦でも、私の心に宿るのは俊彦を介した、未知なる男のバリエーションではないのか。実体はないけれどこれから会うであろう幾多の男を想像してみたら、容赦なく熱くなり、見境のない自分にうろたえた。

裏腹に、私の中の私は歓喜しているのだ。

目をあけた。棚に買い置きしたぬるいフルーツビールを瓶から直接飲みながら、ベランダに出る。方々の建物から垣間見える家族の団欒は、影絵のように実感がなかった。

冬も深まっているのに雑草は図太く生え、実家をがんじがらめにしていく。業者に依頼していっそ解体でもしてしまいたいが、気詰まりな痕跡は身内で抹消すべきだろう。

母のベッドマットの下に、ノートが二冊あった。キッチンとリビングと、母の部屋にも警察の調べが及んだはずだが、これらは証拠品にはなり得なかったというのか。一冊は介護日誌と銘打ってあり、もう一冊は無題だ。あやしいことこの上ない。
母が、母ひとりの秘密を隠すとしたらキッチンだろう。母と、もうひとりの秘密を隠すとしたら。いくつかの、雪仁の言動を喚《よ》び起こす。

「園枝さんは、本当に亡くなったんですか」
「やっぱり、信じられない」

本当に。やっぱり。あらかじめ予期していた感がある。考え過ぎだろうか。もしくは警察の怠慢か、と不信感を抱きつつひらいてみた。日付と父の様子がごく事務的に記録されている。私はリビングのソファに腰を落ち着け、ページを繰った。

×年×月×日㈪、バイタルの数値、朝食×時、清拭《せいしき》×時、オムツ交換（大）、褥瘡《じょくそう》の有無、といった具合に。次第に簡略化され食事は献立のみになり、あげく日付と「生存」の二文字になった。「生存」が達筆で書かれているだけに不気味で、まっさらなスペースが母の空虚さを物語っているようだった。無心に二冊目をめくったら、突如ページが文字で真っ黒になった。
雪仁の登場である。

×年×月×日㈬
いたずらに鳥か風に種を運ばれ、かろうじてアスファルトの隙間で生き残ってしまった、いらなかった植物みたいな男だと思った。悲惨な境遇で苦労して、荒んでしまったのだろう。だから私が水を与えてあげなくては。

夫があんな風になって、あんなことがあってから、私はずっと求めていた……

「あんな風」とは、脳溢血が誘因となった半身不随と認知症だろう。では、「あんなこと」とは。私がうかがい知れない、夫婦の人間模様があったのだろうか。母に隷属していたような父。私は夢中で読み進めた。

……私の半生を根こそぎ奪った夫。

夫の死は、雪仁と会うための前哨戦。随分と長い暮らしだったし、最期は暗澹とし過ぎていて、かえって滑稽で、笑ってしまった。

なんてえげつない死に方だろうと。

でもあれが、私が私になる良いきっかけでもあった。夫には感謝している。生まれ変わっても一緒にはならないけれど。

雪仁は私が作った食事を、あますことなく平らげる。雪仁の食べっぷりときたら、いろいろと飢えているのだと、私と同じだと歓喜した。久しぶりに念を込めて世話を焼いたら、私の身体が内側から弾けてくるのがわかった。

私、この人を取り込みたい。私は、この人を欲している……

×年×月×日(日)

珠美子に男ができたようだ。あの子が生まれた時、父親に似てしまって、私には全然似なくて、絶望したものだ。でも私の娘なのだし、幸せにしてあげたかった。女じゃない人生に喜びを見出すにはどうしてあげたらいいかしらと私も随分と苛まれた。これであの子の心身もすこやかになるだろう。

良からぬ関係というのは推測がつくけれど、男ができたから私に料理を習おうとするなんて、娘らしいところもあるものだ……

私の行く末を痛切に案じ苦悩する母が煩わしくなった。余計なお世話だと怒鳴りたくなる。窓をあけ、砂ぼこりで汚れたサンダルをつっかけて忌々しい花を根こそぎむしり取り、思いきり踏みつけた。

幼き日、母が庭で行った焚火を、私は生涯忘れない。娘を焼き尽くす儀式。自分でつくった娘を、自分の手で葬った。ばかげていると、頓着しない人もいるだろう。私だって、とるにたらない馬鹿げた出来事だと打ち消してしまいたいのだ。

肩で息をしながらリビングに戻ると、夕方の風に日記のページがそよぐ。一枚、二枚とめくられた、ある箇所に私の目が釘付けになる。

×年×月×日(火)

雪仁と初めての性交。私から雪仁にせまった。なりふりかまわず、生まれて初めて男にせまったのだ。若い相手に年老いた女が興奮するなんて、と愚かな考えが頭をもたげた。若い人に見つめられるだけで、自分の老いを心に刻んでいるようで、辛くもあったけれど。雪仁といると身体なんかなくなってしまう。しわもたるみも。雪仁はしわやたるみを「それは人生の亀裂だね」と言った。「俺が埋めてあげる」とも。

雪仁の指が私の窪みや亀裂におずおずと侵入する時、私は魂だけになる。この人じゃなきゃ嫌だと、消えてしまいそうに細い月を抱きしめるみたいに、雪仁を抱きしめた。逝く時は目をとじてしまうけれど、まぶたの裏には他の男達など入る隙もなく、雪仁だけがいる。こんなのは初めてだ。まぶたをひらいても雪仁がいて、きちんと疲労していて、私は十分に雪仁を搾取したのだと満足する。

……

窓の向こう、木枯らしが吹きすさび落葉が舞う。花壇に咲いていた一輪の花は、未だ現世に別れを告げられず色味を帯びたままそよいでいる。

身体を空っぽにするように息を吐き、窓をしめた。母のしわやたるみは母の人生の亀裂だったのか。父と私も母の亀裂でしわとたるみの原因だと。

日記は、詩のような数行で締めくくられている。

生きたい
幸せに死にたい

私の遺産は雪仁にすべてあげる

純白の綿に横たわるように、書かれていた。気がついたら私は、日記を床に投げつけていた。

目白駅前通りの弁当屋でチキン竜田弁当を買い、帰宅した。棚に買い置きしたフルーツビールを全部、冷蔵庫に収納する。ぬるいまま一本あけたら、ローテーブルに放置したスマートフォンが振動した。俊彦だ。

『転職するって噂が流れてるぞ』

転職。のっけからヘヴィだ。

「噂だけでしょう」

『俺のせいだな。俺がはっきりしないから』

空《す》きっ腹にアルコールはこたえる。けれどしらふでは認められない情報がたぶん、ここにある。

スマートフォンを肩と耳とではさみ、弁当をあけた。ノートパソコンにUSBメモリを差し込む。タイトルなしのファイルがひとつ。

『珠美子、今から行っていいか』

頬張ったチキン竜田を、慌てて飲み込む。

「何もないわよ」

何もなければいいと、この期におよんで願う。色恋沙汰なのか淫行沙汰なのか、両方なのか。人間味あふれる欲の部分を、ふしだらの一言で片付けるのは到底無理だ。

母の遺産が惜しいわけではない。父の遺産はそれ相応の額を相続したし、私なりに資産運用もしてきた。母の遺産がなくても困窮しない。母は血を分けた娘より欲を分け合った男のほうが大事なのだ。大仰な遺言ではなく、お遊びだとしても、悔しさが込み上げるのはなぜなのか。母を嫌悪しておきながら、私の厚かましさもかなりのものだ。

俊彦との電話を終え、弁当を食べながら忙《せわ》しなくファイルをクリックした。パソコン画面に画像が大写しになる。

父と、見覚えのない女がいた。エプロンを身に着けているから訪問ヘルパーか。介護用の電動ベッドに横たわる父に、髪が長く若い女が様々なケアを提供している。上半身を露わに乳房を父に吸わせていたり、下半身を露わに父の顔にまたがっていたり。父のオムツを替えながら、父のものを舐め、口に含み、豊満な胸で挟む。カメラを意識するかのように笑い、趣向を凝らした技巧を施す。夥《おびただ》しい数の営みに、私はまばたきを忘れた。涎《よだれ》をたらして逝ってしまっている、父の顔で終わった。

これが母の言う、「あんなこと」なのか。

晴れ晴れしいほどの欲だ。しかも、夫と妻の欲はそれぞれ背を向けている。

私は、チキン竜田とご飯を一心不乱にかきこんだ。喉を詰まらせ、あたふたとキッチンで水を飲んだら、胃の内容物が逆流してくる。

父の、終末期の性の暴走に、忌避感とともに嘔吐した。同時に、性が生の源という事実にある種の爽快感を覚えている。

スマートフォンかデジタルカメラか、これを映したのはおそらく母だろう。単なる訪問ヘルパーが、ボランティアで性的サービスをするとは信じ難い。もしくは母が、秘密裏に金銭を渡し依頼していたのか。「生存」「生存」「生存」。適切な不気味さだと納得できる。シャットダウンし、ノートパソコンをバッグにしまう。USBメモリは冷蔵庫で冷やした。

もはやお忍びという様相もなく俊彦が来たのは、八時を回った頃だった。ショート丈のビジネスコートは、泊まり前提の格好だろう。今夜は手土産なしで、手も洗わずたちまちクッションに寝転がった。

「食事は？　なんだかまだ顔色が悪いわね」

「飯は食べてない。珠美子は」

「私は、食欲がなくて」

「何かあるかな」

何もないと言ったのに。キッチンで私はひとまず湯を沸かす。

「何か、和っぽいものがいいな」

冷蔵庫をあけると、切り干し大根にひじきと大豆の煮物。

「ひじきと大豆の煮物でいい？」

「手作り？」

「ええ」

「やっぱり、家庭がほしくなったんだな」

的外れだと一笑に付す。ケトルのふたが上下した。インスタントのお吸い物を用意し、自分用には日本茶を薄めに淹れた。

ひじきと大豆の煮物を小鉢に盛る。お吸い物のお椀とともに、テーブルに並べた。箸置きなど、当然ない。

「どうぞ」

俊彦はむくりと起き上がり、髪をかきあげた。以前はこの仕草に胸をときめかせたけれど、今は生え際の後退にばかり目がいく。

陰鬱さに耐えきれずテレビをつけた。あえてバラエティ番組を選ぶ。さしておもしろくない芸人に目をやりながら、私は俊彦の動向をうかがう。お吸い物を一口、やがて小鉢に箸を運ぶ。

「おいしい?」

咀嚼《そしゃく》し、瞬時顔をしかめた。

「おいしい?」

再度聞く。

「ああ、うん。うまいよ」

取り繕った笑顔で、俊彦はやぶれかぶれになったように平らげていく。とうに腐っているというのに。

母が作って送ってくれたそれは、もう、とうに腐っている。私が作った切り干し大根も。以前、まだ腐っていなかった切り干し大根を、俊彦は一口で放棄した。その行為は正しかった。私が俊彦にすがりついているのが、ふたりのあるべき姿だったのに。

まずいものをおいしいと評し、私をおだてるほど、俊彦は私に執着している。

「俊彦」

芸人がギャグをかましたようで、テレビが一斉に沸いた。

「ごちそうさま。おいしかったよ」

「今夜は、帰ったほうがいいわ」

「何で。誰か来るのか」

そういう安い発想をするのは、私だったはずだ。

「ええ。設楽《したら》さんが」

私は、取引先の企画部部長の名を告げた。

「やっぱりそうだったのか」

何が、やっぱりなのだろう。私の露骨な嘘すら見破れない。

「転職も設楽がいるからか」

「関係ないわ」

「設楽は独身だったよな」

俊彦の焦る様子が、私を落胆させる。

作り笑顔で、私は言った。

「俊彦。プリンと不倫って、似てるわね」

「なんだよ、いきなり」

また芸人がギャグをかましたらしい。口元をひきつらせた俊彦の後ろで、テレビから朗らかな声がする。

「本当は脂肪なんて必要ないのよ。馴染んじゃって心地いいけど、本当はいらないの」

からになった小鉢を見て、私は突如思い出した。あまりにも長い間、母が身に着けていたから、馴染み過ぎて気づかなかったもの。

「俊彦。私ずっと自分に自信がなかった。女として。だから、私を認めてくれた俊彦にすがりついた。いけないってわかってて、でも俊彦に甘えて、どんどん太っても、それが女の拠所みたいで、自信にすり替えようとしていたんだと思う」

母は、エプロンをしていなかった。

父の一周忌の相談で実家に赴いた時も、最期、息絶えた時も、「良妻賢母」の正装を脱ぎ捨てていた。正装、いや鎧《よろい》か。とにかく母は、父の亡き後もしくは雪仁との出会いを機に、隠していたものをむきだしにした。

「私は、美人じゃないしスタイルも悪いし愛嬌もない。俊彦も最初は、ちょっと味見してみたくなっただけなんでしょう」

「味見って」

「珍味好きの男の人もいるしね」

「いや、そんなことは」

ない、とは即答しない。とっさに嘘もつけない。私が、愛した人は。

「でもセックスがいいものだっておしえてくれた」

「本当に、設楽が来るのか？」

遺品を整理していても、エプロンなど一枚も出てこなかった。母は本能を、エプロンで密封したつもりだったのだろう。本人が意識していたかどうか不明だが、私が感じた恐怖は滲み出た本能だったのではないか。

「もう、帰ったほうがいいわ」

「設楽が来るのか。どうなんだよ」

俊彦が、私の両肩を揺する。あまつさえ目を充血させて。

私は俊彦を押し倒した。ベルトをはずしズボンごとトランクスを脱がす。萎《しお》れたものを口に含み、吸う。設楽が、とねちこく繰り返しながらも、あえなく反応した。私の舌も手も、すべて心得ているのだ。苦悶した俊彦の顔を一瞥し、私は素早くショーツを取った。スカートをまくりあげ、俊彦にまたがる。どう動けばいいのか、どうしめつければいいのか、熟知していた。舌で俊彦の脇や乳首を舐めあげ貪る。私の下でされるがままになっている俊彦を、私は全身全霊でいたぶった。私が私に、けりをつけるように。

憎いわけでもないのに、もはや俊彦は亡骸《なきがら》なのだった。私が俊彦に食べられたのに、いつしか内側から私が俊彦を食い尽くした。

俊彦の精気を吸い取りながらも、私の頭の中にいるのは母なのだ。やわらかな髪を耳にかけ、小賢しくうなじをあらわにする。邪《よこしま》さのない微笑みが、いつも私を苦しめた。

スミコ、アナタモナカナカヤルジャナイノ……

母は父に裏切られ、父を見限ったのだ。父亡き後、孤独を泳ぎながら女を模索するうち、雪仁に到達した。私は今、自分の中に母の血を認めざるを得ない。私の心に俊彦がいなくても、身体にはいて、それは他の男で取り換え可能な感覚だと、わかってしまった。

母が言うように私も、手料理で自分を俊彦の中に入れ込んだのだろうか。つい、口元がゆるむ。おかしくてたまらないのだ。手間暇をかけて作り、やがて腐っていくものを、懸命に食した俊彦。母のおしえは、真理だったのかもしれない。

俊彦は果て、母も消えた。母も昇天したのだろうか。ぐらつく腰を押さえ、俊彦から離れる。

「……設楽さんなんか、来ないわ」

俊彦はなおも、呆けている。

「俊彦も、家庭内の家族に落ち着いたら？　主食は、大切にしなきゃでしょう」

配慮するふりで保身を図るという常套手段にも、俊彦は鈍くなっている。渋々帰宅した俊彦に安堵して、私はベランダに出た。

冬の月は殊更に冴え冴《さざ》えとし、闇夜の模様を際立たせる。雲がただようのをぼんやりと見送り、かじかむ指に息を吹きかけた。

心はまださみしいし、罪を取り繕うように涙でごまかそうとするけれど。私の身体はもう、次の男を、次の段階の私を、模索しようとしている。

母のように。

翌日、俊彦は欠勤した。朝一に出社していた新入社員が、妻からの電話を受けたという。腐った惣菜が原因で食中毒にでもかかったかと、さすがに心配になった。

外回りと称しオフィスを抜け出した。コートの襟をかき合わせ足早に歩く。

腐ったものを食べさせた私は、腐った女だろうか。

振動したスマートフォンに我に返る。てっきり俊彦かと思ったら、見覚えのない番号が表示されていた。

「もしもし」

大通りの交差点は、ビジネスマンであふれかえっている。街路樹の銀杏並木はすっかり葉を落として寒そうだ。

『藤井珠美子さんですね』

清潔で歯切れのいい、女の声だった。

「はい。どちら様でしょう」

『片岡の妻です』

絶句した。目の前で忙しなく車が行き交う。信号が青になっても私は棒立ちになっていた。

『片岡、入院したのよ』

「え、あの。お腹ですか」

『違うわ。心疾患よ、心臓』

おそらく病院にいるのだろう、喧騒が漏れ聞こえる。

「……心臓」

『ええ。おおよそ計画通り。コレステロール過多に塩分過多の食事。私が十年、夫に食べさせてきたもの』

歌うように言う。私の脳裏に、涼やかな美貌の妻が浮かぶ。冷蔵庫を完璧に埋め、誇らしげに妻然とする妻。

「念を、込めていたんですか」

『何をおっしゃっているの』

「いえ」

妻は悠然と続ける。

『だから、あとはあなたが面倒をみてくださる？　財産は慰謝料と養育費と、治療費で消えるでしょうけど』

「あの、でも」

『ずっと知っていたのよ、十年間』

最後の声には女というものがあった。愛情にも憎悪にも、平等に熱はあるのだ。

「そうですか。でも俊彦さん、もうセックスは無理ですよね」

『セックスですって？』

正気なのかと言わんばかりに、声高に繰り返す。

「そこ、病院ですよね」

『片岡、死ぬのよ』

私のまぶたが、鉛のように重くなる。俊彦が死ぬ。

『あの人、死ぬのよ』

妻のほうが死んでしまうような、叫びだった。罪や罰が降りかかっても、悔恨はないし、冷たい私のまぶたの裏には、もはや誰もいないのだ。私の中で俊彦は昨夜死に、母とともに昇天してしまった。

でも妻は、死など望んでいなかったはずだ。

「そういう風に、念を込めていたんですか」

愛する人の死を望むとしたら、最期に、自分を覚えていてほしいからだ。自らその人の最期の時を設定するほど、愛していたのだと。

『……何を言っているの』

「本当に、死んでほしくて……」

ひとりの男の生と死を、妻と私は共有した。違う、私は生の部分だけだ。妻の愛と私のそれとは異なるし、優劣もない。

「私には無理です。十年間、申し訳ありませんでした」

謝罪は本心だった。ほどなくしてすすり泣く声が聞こえた。

最期を見届けるほど、私には勇気も、愛もない。その人の死に責任を持つほどの愛や、絆とは何だろう。苦しくても憎くても切りたくない絆。尊く、美しいに違いないけれど、誰もが経験できるとはかぎらない。神様が用意した死の刻までたゆたわねばならないのだ。血や情に縛られずに、選んだっていいだろう。冷淡だと誹《そし》られるだろうか。がんじがらめになるより、かろやかにつむぎなおせたらいいと思うことが。生き様も死に様も、愛だってきっと自由なのに。

沈黙ののち別の着信が入ったので、慌てて電話を切る。

やはり知らない番号だ。

「もしもし」

信号が幾度目かの青になった。

『聖です。聖雪仁』

「待ってたわ、電話」

『渡したいものがあって』

「今どこ。私も聞きたいことがあるのよ」

聞きたいことも、知らせたいこともある。

『ええと、歩いています』

「今から三鷹に来てよ。私も向かうから」

雪仁は押し黙った。横断歩道を小走りで渡り、息も絶え絶えになった私は植え込みにへたり込む。静かになったスマートフォンを握りしめ、自分で自分を抱きしめた。


タクシーのシートに身体をあずけ、こめかみを押さえる。バックミラーに映る険しい顔の私は、条件反射で髪を結んだ。

門柱の傍らに、雪仁がいた。薄汚れた黒のMA‐1ジャケットに古びた頭陀袋《ずだぶくろ》という、職質でも受けそうないでたち。

「入る？」

顎で玄関を示す。

「いいえ」

つっけんどんなこたえ。六十六歳と付き合っていたくせに、いざ娘の私に追及されると怖気づくのだろうか。

「あなたが母を山に誘ったの」

「いいえ」

「じゃあ、母はひとりで山に行ったの？」

「そうだと思います」

溶けかかった氷柱の、ひとしずくみたいな目をしている。雪仁が言う本当は、私が嘘にしてしまいたい真実だ。

雪仁とふたりきりで家にあがるのも気詰まりなので、庭に移動した。花壇の縁に腰かける。雪仁もおとなしく従った。

「園枝さんと俺、同じ目的があったんだ。死期を自分で決めたいっていう」

「どうして」

「知ってますか。身近には毒草が山ほどあって、報道されないだけで毎年けっこうな人が死んでるんです。山にも、毒草が山ほど生えているんだ。はは」

「それ、笑いごとなの」

咎《とが》めながら、私も笑っているのだ。死を理想で締めくくるなど、叶うのは稀《まれ》ではないか。

「園枝さん、えげつない死に方だけはしたくないって言ってた」

えげつない死に方。花壇から雑草を引き抜いた。もう、花は一輪も咲いていない。

「どんな死に方をしたかったのかしら」

「セックスの直後に死にたいって、言ってた」

「清々しいこたえね」

「園枝さんの遺影、セックスの後で俺が撮った写真」

「あの写真が、もっとも母らしかったのよ」

雪仁が初めて、私を敬う面差しになった。

「俺、園枝さんとはたまたま出会ったんだ。夏の暑い日、山で」

「山でたまたま出会うなんて、嘘くさいわ」

「でも本当なんだ。知ってる？　奇跡って、あとから奇跡ってわかるんだよ」

知っている。そして腐敗しないうちに気づかなければならないことも。

「それからしばらくして、再会した。俺、金なくてひとりで、見た目だって超不審者じゃん。なのに、何も聞かずに、ただ笑ってご飯食べさせてくれた」

孤独同士の合致だろうか。母は、虎視眈々《こしたんたん》と雪仁の心身を料理で侵食していったのだろう。

「母は、もっと、生きたかったんじゃないかしら」

「え」

「もっと、あなたと一緒に生きたかったと思う。えげつない最期でもよかったかもしれない、あなたとなら」

「どういうことだよ」

奇跡を腐敗させたとしても、雪仁との行く末を余すことなく味わい尽くしたかったのではないか。

「わからない。ただ、何かを達成してから死にたかったのかなって思っただけ。でも、達成したら欲が出てくる気がするのよね」

念、という言葉を思い出した。念を込めて内側からその人を食べつくす。俊彦はやがて死ぬ。私の身体を通り過ぎた人が死んでいく。すべてを受け止めて見届けたい思いが浮かぶのに、望んではいない。勇気がなくて、こわくてたまらないのだ。愛がない自分への憂いでもない。ただ、こわい。母はこわくなかったのだろうか。父の死も、予感していたかもしれない、自分の死も。

雪仁が頭陀袋を探った。手のひらに二つ折りにした茶封筒をのせ、私に差し出す。

「これ。あなたに渡したかったもの」

中を覗くと、赤い小さな実がいくつかあった。

「これって」

「ドクウツギ。園枝さんと半分に分けたうちの、さらに半分」

ただちに両手で包み、あたりを見回した。うちの庭なのだから、誰もいない。いるとしたら、母だけだ。

「どうして私に」

「園枝さんの本当の子供だろ」

私は、天涯孤独になったのだ。ドクウツギで思い出した。

「本当の子供って何かしらね。あなたのほうが、母の子供みたいじゃない」

「お母さん？」

頭陀袋を背負い、私に若者らしい笑顔を向けた。ちょっと皮肉るような、飄々《ひょうひょう》とした笑顔だ。

「ごめんなさい、恋愛だったわね」

「お母さん、か」

別段、怒るふうでもなかった。

雪仁と私をつなぐのは、母の死という縁だ。この世にいない人をとおして、互いが合わせ鏡のようになった。

家族、人と人とのつながりとは何だろう。最後にして最愛の人を得た母と、俊彦の死をも支配しようとした妻。似ても似つかない同士なのに、孤独の色だけ同じの雪仁と私。

「じゃ、俺、行く」

私は誰かに自尊心を満たしてもらいたかった。母の代わりに、そのままの私を受け入れてほしかった。俊彦によってそれが叶い、母の呪縛から逃れた今、私はまた新たな誰かを探している。

「待ってよ。あなた、本当は知ってるんじゃないの？　母はどうして死んだのか」

うしろ向きの肩には、少しの動揺も感じられない。

「知らない。それに、知ってどうすんの」

死は、覆されない。黒の背中がそう言った。

スマートフォンを取り出し、連絡先及び履歴から俊彦の着信、メール、ＬＩＮＥアカウント、ロックがかかった恥ずかしい画像など、すべて消去する。

別れ話より辞表が先だろうか。取引先の企画部部長に電話をかける。

花壇の乾燥した土を撫で、脚を組んだら腹の脂肪がせり上がった。

まずダイエットして、それから。

「料理でも習おうかしら、死ぬ気で」

と明るく誓う。

やがて呼び出し音が止み、溌剌《はつらつ》とした男の声がした。

砂の日々

元夫が残していった、白と黒のボーダーシャツしか乾いておらず愕然とした。ジャージ素材で丸首で、認知症の老人が誤って引っぱったり粗相してもいいように、仕事着には伸縮性と耐久性が求められる。条件は合っているのに、と舌打ちし私は着古されたそれをハンガーにかけなおす。連日の雨で、部屋は生乾きの洗濯物だらけだ。

「陽花《ようか》。あんたの服、貸してくれない?」

食器棚のガラスを鏡代わりに、寝癖を直している娘に聞く。母親の懇願を吹き飛ばす勢いで、陽花はスタイリング剤を幾度も噴射した。すぐそばのダイニングテーブルには、粗熱を取るために蓋をあけた弁当箱がある。

「あんたの服。白とピンクのボーダー、持ってたよね」

「白と黒でいいじゃん」

「老人相手に白と黒はまずいって、うちの所長が変にこだわるのよ」

「最近さぁ、お弁当まずいよ」

冷凍食品ばかりで手抜きだと文句をたれたのは、どこの娘だ。朝食とは別に惣菜をつくる、こっちの身にもなってほしい。

「化学薬品が入ってるんじゃないの」

居間から台所まで大股で三歩。私は弁当箱に蓋をした。

陽花のぐっしょりと濡れた髪は、あらぬ方向を向いたままだ。

「なんで白と黒じゃまずいの」

十五歳は、髪だけではなく話の矛先も予想外に跳ねまくる。

「お葬式みたいでしょう」

「あはは。超ムカつく」

嘲笑しつつ、自分の髪に腹を立てている。のんきなものだ。

「陽花、だからあんたのシャツ」

「やだよ。お母さんが着たら伸びちゃって、もう二度と着れない」

言い捨て、陽花はスタイリング剤とヘアブラシと、弁当箱を抱えて自室へ逃げた。私はため息をつき、ポットの残り湯でインスタントコーヒーを溶く。

「陽花、学校遅れるわよ」

急かすと同時に、憮然とした陽花がドアをあけた。頰のニキビをコンシーラーで隠しているが、かえって悪目立ちしている。

「ていうかさ、いい加減あのボーダーシャツ捨てたら」

カーテンレールを占拠した洗濯物の中でひときわ存在感を放つ元夫のシャツを、陽花は睨んだ。

私は一口、コーヒーを飲む。玄関で靴を履く、私とうりふたつの愚鈍そうな尻。

「いってきます、は？」

陽花は目も合わさず、そそくさとドアをしめた。

元夫は「いってきます」と言う代わりに私をなじるか殴るかだったので、私の「いってらっしゃい」は受け取り手がないままいつも宙ぶらりんになった。だから陽花には、挨拶だけはしてほしいとしつけてきたつもりだ。

雨の音が鬱陶しくて、テレビをつけた。若くて垢ぬけた、けれどコピーが街中にあふれていそうな美人が政治家の不倫ネタを伝えている。昨今は不細工こそが稀有《けう》なのに、元夫は私を大事に扱わなかった。むしろさらに稀有にしようと、頑張ったのかもしれない。

冷蔵庫の上に置いたマーガリン入りのロールパンを開封する。六個入り一〇八円。おもむろにかじり、コーヒーで流し込む。ダイニングテーブルに鏡を立て、バッグから化粧ポーチを引っぱり出した。陽花の部屋に捨てられていた、使いかけのパウダーファンデーションをはたく。ベージュ系の色白向けだ。肌の色だけは私に似ればよかったのに。顔の造作や体型は私で、肌色や肌質は夫の遺伝子を引き継いでしまった。逆だったら、陽花は街中を闊歩《かっぽ》するコピーの中でも上等な部類にいられただろうに。

色白に見せようと躍起になって、強引にライトベージュの色を塗りこんでも滑稽になるだけだと、あとで陽花におしえてあげなければ。でも無駄に頑張れることと、頑張った後の気づきは若さの特権かもしれない。

と、私は突如、ある女を思い出した。彼女は、いつまでも自分は魅力の塊だと信じている。陰の世界でくすぶる人がいるから陽の世界で君臨していられるのに、輝きに満ちて目がくらんでいるからわからないのだ。

「年寄りのくせに」

舌を鳴らす。

天性の美も培われた品格も、寿命がある。当の本人は理解しているのだろうか。化粧をしながらロールパンを三つ食べ、袋を輪ゴムで結ぶ。テレビからエンディングの音声が流れた。

『秋の長雨を吹き飛ばして、今日も元気に過ごしましょう。じゃんけんぽん』

グーを出すと、アナウンサーはパーを出していた。ついでみたいにパーの手を振り『八時です。いってらっしゃい』と笑った。


訪問介護事業所『なごみの手』までは、私と陽花が住む公営団地から自転車で二十分ほどだ。古びたマンションの一階、２ＬＤＫの間取りを事務室と休憩室兼ロッカー室と仮眠室に区切っている。

八時二十分に出勤すると、アルバイトで雇われている柳瑠衣《やなぎるい》が事務椅子で脚を組んでいた。スマートフォンとにらめっこしながらドーナツをかじっている。

「柳さん、早いわね」

瑠衣が脚を組み替えてあくびをした。ジーンズから伸びた素足に、青いペディキュア。

「早いっていうか、ここに泊まっちゃったんです。昨日から彼氏いなくて、光熱費節約。へへ」

瑠衣は二十四歳で、年下の彼と同棲中らしい。

「うまくやりなさいよ」

「彼氏？　大丈夫ですよ」

「そうじゃなくて。ここ、光熱費から電話代、シーツの汚れ具合まで細かくチェックしてるからね」

「シーツの汚れ具合って、所長ってエッチですね」

「そういう意味じゃなくて」

「どういう意味ですか。平沼さん、そのカットソー可愛いですね」

陽花も瑠衣も、若い女はみんな会話を自在に操る。私は自分が、女からも置いてきぼりにされるようで、都度、落ち込んでしまう。

「そう？」

「でも、ちょっと小さくないですか。ま、新しいユニフォームが支給されるまでの我慢ですかね」

瑠衣が、デスクに束ねてある作業着の注文書を指ではじく。

結局、陽花のボーダーシャツを勝手に借りてしまった。とりあえず消臭剤をスプレーして、晴れてから素早く洗えばバレないだろう。

「柳さん。随分と熱心ね」

早番は、九時には先方に到着していなければならない。瑠衣はまるでおかまいなしで、小さな画面と格闘している。

「ええ。死活問題なので」

「ゲームが？」

「まさか。これ仕事ですよ。副業」

と、突如スマートフォンを私に向け、写真を撮った。

「ちょっと何を……」

「びっくりした顔の平沼さん、けっこう萌えるかも」

高らかに笑い、忙しなく指を動かす。

「削除してよ」

瑠衣を一瞥し、掲示板に貼られた勤務表を確認する。

「平沼さん、私、今日誰担当でしたっけ」

ドーナツの一片を、瑠衣が口に放った。

「柳さんは笹山《ささやま》さんだけど。ねえ、担当替わってもらえない？　私は藤井さんなんだけど」

どうしてか今日は、あの女の顔を見たくなかった。

私の提案に、瑠衣は頓狂な声をあげる。

「マジですか。私、笹山って独居老人、臭くて苦手なんですよね。藤井さんは手間かからないし、ラッキー」

「柳さん。訪問前にマニキュアを落として、爪も切ってね」

化粧も薄くしろ、と戒めたかったが黙っていた。彫りの深い顔立ちを、妬んでいると思われたら心外だ。

「私これから、介護用の使い捨て手袋使うことにしたんです。爪も傷まないし手荒れもしないし。経理にかけあったら、消耗品として買っていいって許可が出たんですよ」

瑠衣が顎で備品棚を示す。手前に、ボックス入りのゴム手袋が積んであった。

「使い捨てだからって、利用者宅に捨てたらだめよ、きちんと」

「はぁい。きちんと持ち帰って処分しまーす」

うざい、と言わんばかりに爪に息を吹きかけた。

「終わったらLINEしてね。口裏を合わせないと」

利用者からクレームがない限り、訪問先を勝手に変更するのはご法度だ。ただしそれは規則上の建前で、実際は現場で要領よく回している。

「了解しましたー。平沼さんって、肌がきれいですね。超もち肌」

私の胸元に両手をのばす。咄嗟《とっさ》に自分で自分を抱きしめた。

「冗談ですって。平沼さんって、マジで可愛い。じゃあ、のちほど」

ひらひらと手を振った。テレビの中のアナウンサーみたいに。

『なごみの手』は、二十四時間巡回型訪問介護や訪問入浴の他、デイサービスやショートステイ、福祉用具のレンタルや販売まで展開している大手企業だ。しかしその評判は、個々の事業所によって異なる。東京都三鷹市に数ヶ所あるうちのひとつ、ここはブラックと言っていい。瑠衣を筆頭に無資格者も数人在籍しているし、従業員用仮眠室のシーツの汚れまでチェックする所長が水商売の外人女を連れ込み、自らシーツを汚していたりする。

笹山睦男《むつお》が住む都営住宅へは、やはり自転車で行く。エレベーターが設置されていないため、四階まで階段で昇る。レインコートを脱ぎ、息も切れ切れにブザーを鳴らした。

歯槽膿漏《しそうのうろう》で口臭が酷い睦男は、要介護2だ。認知症の症状はなく、足腰が脆弱なだけである。部屋にはゴミが、引き出しには小金が、股間には性欲が溜まった、よくいるタイプだ。

「笹山さん、おはようございます」

「今日は光世ちゃんだったか。おはよう」

よろけるふりして、私の胸に顔を押しつけようとする。いつもなら渋々受け止めるのだが、今日は陽花の服を着ている。さりげなくかわして、部屋の掃除に取りかかった。次いで指示された買物、昼食と夕食の準備をこなす。エプロンをたたんでいたら、背後から睦男が近づいてきた。

「笹山さん。サインをお願いします」

業務日報を表示させたタブレットを、睦男に差し出す。

以前から、お小遣い、だの、チップ、だの、ささやいて、規定外のサービスを要求してきた。あろうことか、挿入をお願いされたこともある。「一万出すよ」と粘られたが、冗談だとしても毅然とした態度でいるべきだ。四十五歳はまだ一万まで値下げしてはいけないし、たとえ億単位でも身を持ち崩してはいけない。私は、陽花の誇れる母でいたいのだ。ちっぽけなプライドだけれど。

かつて元夫は、私を一発殴るごとに万札を奪っていった。セックスと殴打、対価としてはどちらが上なのだろうか。はたして。

十二時前にすべて終わらせ、瑠衣にＬＩＮＥをした。瑠衣が担当を代わった藤井園枝は、股関節手術をしたのを機に要支援１に認定された。要支援１は、介護レベルで言えばもっとも低く、基本的な日常生活はほぼひとりで可能である。もともとは園枝の亡き夫、一成《かずなり》が懇意にしてくれていた縁だ。一成は省庁勤務だったから、遺族年金も相当なものだろう。未亡人となっても、園枝には憂いも陰りもない。ヘルパーにも親切で、手作りの惣菜や菓子をふるまったり、未使用の香水やスカーフなどを分け与えたりする。禁止されているからいただいてはいけないのだが、瑠衣などはよろこんで持ち帰ってくる。施しが嫌味に映ることなど、園枝は微塵も理解しない。骨の髄まで、陽の人生だ。

『終わりましたー。駅前のマックで落ち合いませんか』。瑠衣からの返信に了承し、私は自転車にまたがった。

やっと雨が止み、雲が薄くなっていた。


元夫との出会いは合コンだった。高校を卒業し、アルバイトを掛け持ちしながら介護の勉強をしている最中に、さして仲良くなかった同級生から連絡がきたのだ。飲食はタダにするという条件の、引き立て要員である。

スーツを着た元夫、結城《ゆうき》公貴《きみたか》は長身で清潔感があり、かつ品行方正だった。やや冷たげな印象だったが、微笑むとたちまち目尻が下がり、小型犬のように愛くるしくなる。有名私大を卒業、通信会社に入社して一年という経歴だった。女子全員が狙いを定めているのは明確で、皆が公貴のアドレスや電話番号を聞き出そうと必死になっていた。終始退屈だった私は何度かトイレに立ち、偶然出くわした公貴に連絡先を渡された。「光世さんだけだよ。他の人達には内緒」とささやいた。あの時の快感といったら、のちに味わった公貴とのセックス以上だったかもしれない。

公貴は慎重にことを進めた。処女だった私を慮《おもんぱか》って、手をつなぐまでに二週間、キスまでに二ヶ月、合コンから半年も経過してセックスに至った。二十歳を過ぎたみそっかすの処女だった私は、プライドとコンプレックスが比例して根深く、やっかいな女だと自覚していた。本気なのか遊びなのか、私が揺れに揺れているのを公貴は熟知し、ていねいに私の心と身体を剥いていった。

「光世ちゃん、可愛い」「光世、俺、こんなに気持ちいいの初めて」「みっちーと俺って運命なんだ。絶対」

あらゆる讃美を私にあびせ、公貴は私をこじあけたのだ。合コンの錚々《そうそう》たる美人メンバーを差し置いて、私の稀有な良さを選んだ。

翌日、私は初めて男の人に、公貴にプレゼントを贈った。セントジェームスのボーダーシャツだ。

「私ね、縦長の体型の人が、太いボーダー柄の服を着ているのが、好きなの」

公貴はすぐさま着ていたものを脱ぎ、骨ばった身体を私にさらした。

「へえ。なんで」

「なんか、縦と横のバランスにきゅんとするというか」
「太めで可愛い柄なら、いつも一緒にいるじゃん」
と、公貴は私を抱きしめたのだ。公貴と私の間に、しわくちゃになった真新しいボーダーシャツがあった。もっとしわくちゃになればいいと、私は公貴の背に手を回した。私の、ふくよかな腕。白と黒のボーダーって、横断歩道みたい。これからも絶対に、事故ることなくふたりで歩いていく。

プレゼントにしても、身体にしても、初めてというのは重要だ。私の心と身体には自尊心を満たしてくれた最高の男が焼きつき、離れなくなってしまった。やがて最低な男だと気づくのに、私はすでに欲と見栄に縛られ、動けなくなってしまったのだ。

有名私大卒業は本当だったが職歴は嘘で、パチンコに興じたり水商売の一日入店をしたりと、つまりろくでなしで、私のアパートに転がり込むのに時間は要さなかった。公貴が二十五歳、私は二十二歳だった。ホームヘルパー二級、今でいう介護職員初任者研修の資格は取得しており、次の段階、現在の実務者研修に相当するホームヘルパー一級に進むべく計画していた。貯金していた二十万円は、公貴との生活で泡のようにはじけた。

数時間単位で入れる派遣のヘルパー勤務の他、居酒屋の調理補助や公共施設のトイレ掃除など、私は職種を選ばずに働いた。いつ公貴から呼び出しがあるかわからないので、正社員にはなれない。パチンコに負けたり、見習いホストで先輩ともめたり、トラブルにみまわれると私に頼る。そのくせ、公貴は存分に私を殴った。散々「可愛い」とほめたたえた麗しい口で、醜悪な言葉がぶつけられる。ブス、デブ、うざい、うせろ。すべて幼少期から慣れていたので、懐かしいな、とむしろ感慨深くなった。罵倒しながらも懸命に腰を振り、きちんと達する公貴をすごいと感心し、達せさせているのは私だと、誇らしくもなった。首を絞めながらやると私の身体は極上の反応をすると、公貴はよだれをたらしながら笑う。認知症が進行した老人みたい、となんだか同情心がわいた。公貴の快感は私自身にもあてはまり、文字通り死すれすれで、私は公貴と公貴とのセックスに執着した。

「光世さんだけだよ。他の人達には内緒」

「光世ちゃん、可愛い」

「光世、俺、こんなに気持ちいいの初めて」

「みっちーと俺って運命なんだ。絶対」

だから、持ちつ持たれつなのだと、矛盾と心身の痛みを飼い慣らしながら、私は自分に言い聞かせた。共依存の意味も知っていたけれど、性欲と、美形で外面《そとづら》のいい男を所有している虚栄心が、私を狂わせていた。

子供は二度堕胎した。三十歳で三度目の妊娠をし、これ以上堕ろしたら不妊になるかもしれないと恐れ、産む決意をした。公貴は相変わらず根無し草で、他に数人女がいる気配だったが、最後には私のアパートに戻る。私があきれるくらい働き者で、公貴に従順だからだろう。

卓袱台《ちゃぶだい》にささやかな祝いの食事を並べ、私は梅酒を一口だけ飲んだ。公貴に妊娠を告げ、頭を下げた。

「結婚してください」

だめでもよかった。言ってみたかった。言ってもらいたかったのが本音だけれど。

「いいよ。一生養えよな」

意外にも、公貴は快諾した。

「きみたんと私って運命なんだ。絶対」

言ってみたら即座に殴られた。幸せな痛みだった。壊れてるなと思った。

生まれたのが陽花。陽の世界で花開くようにと願って、私が名づけた。


三角コーナーに、ふりかけごはんと豚肉の生姜焼きが捨ててある。洗いかごには水滴の切れたお弁当箱。

「陽花、ただいま」

台所で叫んでも返事はない。ただいまただいまただいま。つぶやきながら歩く。台所から陽花の部屋まで、やはり大股で三歩だ。

「ただいまって言ってるでしょう」

ドアをあけると、畳で寝転んでいた陽花が、さっとスマートフォンを伏せた。

「ノックしてよ」

「狭い団地で、ノックも何もないでしょ」

「ていうかさ、お母さん私のシャツ勝手に着てったよね」

私の爪先が躊躇《ちゅうちょ》した。

「くっさいんだもん。タンスの中全部くさくなっちゃう。あれもう捨てる」

歯槽膿漏の臭いと加齢臭は、消臭剤もたちうちできないのか。

「陽花、ダイエットしてるの？」

「うるさいな」

否定しないのは、肯定しているのと同じだ。

「中学三年生くらいは、ちょっと太ってるほうが可愛いのよ」

「お母さんが言っても説得力ないし」

陽花が、スマートフォンを充電器に立てかけた。

口を噤《つぐ》むしかない私は、憮然とした表情をしているに違いない。

「お母さん、私、お母さんみたいになりたくないの」

「お母さんみたいって、なによ」

「ずっと日陰に干されっぱなしで、生乾きみたいな女」

ブス、デブ、うざい、うせろ。手短な悪態よりもこたえる。陽花が一瞬、そこいらにいるいけすかない女に見えた。

「……どういう意味よ」

「ひがんでばかりで、工夫もしない。女っていう意識だけは人一倍あるくせに。ごめん」

最後に謝罪を付け加えるあたり、陽花はいい子だ。産んでよかった。

「お母さん、いい加減それ、捨ててよ」

陽花は唇を嚙みしめ、侮蔑するような、あるいは悲壮感ただよう目で私を見据えた。

私は、白と黒のボーダーシャツを着ていた。

「でもまだ着れるんだし」

「そういう考え方、超イラつく。お父さんには捨てられたんでしょう。思い出だってとっくに腐ってるし、臭くなるんだよ」

言うが早いか、陽花が私につかみかかりシャツを引き上げる。腑抜けた老人みたいに、私は条件反射で両手を上げてしまった。すっぽりと脱げたそれを、陽花がゴミ箱に放り投げた。

「お母さん、私、お母さんみたいにはならない。私、人生変えるから」

肩で息をする陽花の、頬のニキビが潰されている。若いからきっと、跡は残らない。

「そう。頑張って」

陽花の肩越し、窓の外は日が暮れ、向かい側の団地に灯《あか》りがともる。ささやかな明るさは家族の息吹のようで、他人には、我が家も尊い明るさに映っているのだろう。

翌日のゴミの日に、私はボーダーシャツを二枚捨てた。公営団地のゴミ集積所にたたずんでいると、収集車が停車した。

ゴミは、かつて美しかった過去の残骸だ。傍からすれば、私の過去なんて低劣であさましいかもしれない。でも、とついゴミをあさりたくなる。

排気ガスをまき散らし、収集車が去っていく。咽《む》せながら、過去を見送った。

私は陽花を妊娠中に、両親を立て続けに病気で亡くしていた。一時は情緒不安定になり、流産の危機もあったほどだ。だから、殊更に私は、たったひとり、血のつながりのある我が子を溺愛した。

無論、私ひとりで子育てする覚悟だったたし、公貴が陽花にひとかけらの愛情も示さないことも、あまつさえ邪険にすることも予測していた。三ヶ月は働かないですむように、お金もキープしていた。しばらく付きっきりで育児をしていたし、さほど手はかからない子だったが、赤ん坊は一筋縄ではいかない。ふいにぐずるし、夜泣きもする。

ある夜、泥酔して帰宅した公貴の前で、陽花が激しく泣いた。どうあやしても泣き止まず、苛々した公貴に私はしこたま殴られた。陽花を庇いながらされるがままになっていたが、陽花が呼吸困難になってしまったので、慌てて腕をゆるめ横に寝かせた。

疲労した公貴の拳が離れ、聞こえてきたのは蒸気の音だ。哺乳瓶を煮沸消毒するために、お湯を沸かしていた。ガスを止めなければと腰を上げようとしても、身体がこわばってうまくいかない。陽花が泣きべそをかく。

抱き上げようとした私の肩を、公貴が突き飛ばした。振り向くと、公貴はやかんを手にしている。

焦点の合わない目で、おぼつかない足取りで、陽花を見下ろす。やかんが傾けられるのと同時に、私は陽花に覆いかぶさった。

熱湯が、私の皮膚と肉と心を裂く。女としての私は、とうに狂って壊れていたけれど、この時にあらわになった母という私は、まだまともだった。

三十一年生きてきて、とてつもない恐怖と激痛のはずが、無感覚なのだ。皮膚も肉も心も、すべての感情が、私という個から放たれ昇天したようだった。私は、抜け殻になった。

陽花がひきつけを起こし、私はただ呻いた。眼前の光景に驚愕した公貴は何やら叫びながら逃げ出し、やがて騒ぎを聞きつけた近隣の住民が救急車を呼んだ。

私は、たったひとりの家族を守った。陽花がいなければ私は天涯孤独で、私がいなければ陽花も然りだ。

この子を、ひとりぼっちにはできない。

女の私に母の私が勝った瞬間が、誇らしくもあり憐れでもあった。

最後にせめて、私は自分から公貴を捨てたかったのに、捨てられたのは私なのだ。公貴はすでに新しい女に取り入っており、私が治療をしている間にアパートから荷物を持ちだした。部屋には記入済みの離婚届と、着古した白と黒のボーダーシャツが放置されていた。

私の、きらめく「初めて」の成れの果て。処分なんか、できなかったのだ。


私を出迎えた園枝の装いと、空気がちぐはぐだった。庭も家の中も園枝本人も、花で満ちているのに、「いらっしゃい」と微笑んだ園枝からは、レモンとハーブが合わさったような匂いがしたのだ。

「どうかして?」

首を傾げた園枝の髪からは、花の香りがした。いいえ、と私は靴を脱いだ。

柔軟剤を変えたのだろうか。およそ女っぽくはない、ユニセックスさ。

男か。まさか、年寄りのくせに、とすぐに打ち消した。

園枝がヘルパーを希望するのは、単なる道楽だ。傲慢な暇つぶしともいう。簡単な手伝いを終え、私は今、園枝が作った惣菜を、遅めの昼食としてともにいただいている。

「今日の担当って、髪の長い子じゃなかったかしら」

園枝が唇をナプキンで押さえた。おそらく、瑠衣のことを指しているのだろう。

「ええ、変更になったんです。すいません、うちの事業所は利用者が多くて、こちらの都合で度々変更になってしまって」

「ううん、いいのよ。私は平沼さんのほうがいいの」

白磁の湯呑みふたつに日本茶をそそぐ。園枝の仕草はたおやかで、無駄がない。

「亡くなったご主人は、柳さんがお気に入りだったみたいですが」

「そうね。私は平沼さんをおすすめしたのに。主人が、あなたじゃたたないっていうものだから。ごめんなさいね」

「は?」

たたない。

楚々とした園枝には似つかわしくない話題が、さらりと切り出された。

「あら、てっきり気づいているのかと思ったわ。『なごみの手』って、そういうケアもしてくれる手ってことなんでしょう?」

「そういうケア、って」

私の箸から大根がこぼれる。器には大根と鶏肉の甘辛煮が盛りつけてあった。

「だって、ほら、世の中にはいろいろなケアがあるでしょう」

園枝が、ダイニングテーブルに置いたままスマートフォンをスライドする。画面が光り、人物像らしき陰影が映った。

気のせいか、園枝の頬が上気した。ほろ酔い加減とでもいうように。

「どうかされましたか」

「なんでもないの」

「いろいろなケアというのは」

なんでもないのよ、と再度言い、園枝はスマートフォンの画面に魅入られたように微笑した。なぜだか、無性に腹立たしくなる。

「すいません、そろそろお時間ですので、帰らせていただきます」

「栗ごはん、少し召し上がる?」

ご飯茶碗を両手でそっと浮かせる。新米で炊いたらしい栗ごはんだ。

「こっちのお惣菜も、とてもおいしかったです」

煮物なら多めに作るだろうと、私はほぼからになっている甘辛煮に視線を移した。

「それは、余分に取っておかなきゃいけないの」

園枝が背を向け、食器棚からタッパーを出す。隙をついて、私は園枝のスマートフォンをタップした。先程の人物像が浮き彫りになる。バストショットの男だ。下部には社名と名前。

㈱ファミリータイズ
聖雪仁

デジタル名刺だろうか。画面が暗くなると、罪悪感で細胞という細胞が脈打った。それを振り切るように、私は大声を出す。

「大根と鶏肉の甘辛煮なら、ダイエットメニューにも使えますよね」

首を傾げて振り返った、園枝の肌は艶めき、内側から生が躍動しているようだった。還暦をとうに過ぎているというのに。タッパーを風呂敷でていねいに包む、園枝の爪は短く切りそろえられているが、あるかなきかの色で染まっていた。

壁にかかったアンティーク調の柱時計が鐘を鳴らす。ちょうど四回、園枝が目をつむると、残響の中、誰かが敷石を踏んでいる。

玄関先で止まり、奇妙な間があいた。

園枝がまぶたをひらき、私に風呂敷包みを押しつけた。

「どうぞ。お嬢さんと召し上がって」

玄関をあけると、ドアの陰に隠れるように、全身を黒でかためた男がいた。

聖雪仁だ。私は息を呑む。

二十代半ばだろうか。宅配業者でも、保険屋でもなさそうだ。どこか世間から逸脱したような、陰鬱さと哀しさがある。自分の存在を拒絶し、それを無自覚に逆手に取り蜜を吸うといった、いけない雰囲気も持ち合わせていた。元夫、公貴のように。

軽く会釈をしたら、深く会釈を返す。

男、なのか？　まさか。親子以上に年齢差のある男と、どういう関係なのだ。便利屋やボランティアといった様相ではない。黒ずくめのくせに、色がある。

園枝は、この男にのぼせ上がっているのだろうか。

自宅に戻り、洗濯物をたたみながら、スマートフォンで『ファミリータイズ』を調べた。登録上は人材派遣会社となっているが、実態はサクラ稼業が専門らしい。結婚式や葬式の参列者や、SNS映えさせるために友人や恋人を装ったり、はてはレンタル家族として短期及び長期の宿泊も可能と提示されている。

陽花の、レースがあしらわれた上下セットの下着の上に、スマートフォンをのせた。

『ファミリータイズ』と聞いて、まっさきに記憶が呼び起こされたのはテレビドラマだ。一九八二年から一九八九年まで、アメリカで放映されていた。当時、主演俳優は日本でも人気だったし、DVDも発売されている。テーマは、家族の絆だ。

架空の縁結びを斡旋《あっせん》する会社の名前としては、皮肉がききすぎてやしないか。

肩をもみ、洗濯物をしまう。園枝宅で食べた甘辛煮を再現すべく、鍋で大根と鶏肉を煮ながらお弁当用の鮭を焼く。テレビの時報が二十時になった。ダイニングテーブルに置いたスマートフォンは、鳴りもしないし光りもしない。

園枝は、雪仁を雇っているのだろうか。

玄関の鍵があいた。

「陽花、遅いじゃないの」

顔も見せずに、陽花は自室に引きこもる。

「陽花、どうしてこんなに遅くなったの」

反抗期にもほどがある、と叱りたいのをこらえ、ドアをあけた。

「ノックしてよ」

「おかえり」

ただいまの前におかえりと言ってしまったら、負けだ。いや、私は勝負したことすらない。

「バイト、探してた」

「まだ中学生でしょう。受験生なんだし」

陽花が再びドアをしめようとしたので、断固阻止した。

「お母さん。最近はね、受験生でも隙間時間でやれるバイトがあるの。お母さんが介護の仕事してるって言ったら、だったらあなたもマッサージやいろいろなケアが得意ですよね、って言ってくれたよ」

いろいろなケア。園枝の話が脳裏をよぎる。いろいろという曖昧な理屈で中学生を手懐ける輩《やから》が生息しているなんて、まったくもって嘆かわしい。切ないのは、陽花が素直に丸ごと信じていることだ。私にそっくりな陽花。限度を超えた無垢と無知は、間抜けと紙一重なのに。

「そんな誘い文句、でたらめに決まっているでしょう」

私の説教などどこ吹く風、陽花はスマートフォンとにらめっこしている。とっさに私は、陽花からスマートフォンを取り上げた。

画面は、グループＬＩＮＥのトップ画だった。二匹の猫のイラストがあり、互いの尻尾でハートをつくっている。名前は「にゃんカフェ」。

「お母さん、猫カフェだよ」

「猫カフェ……」

私は肩を落とした。陽花、とつぶやく。

「二匹の猫は、オスとメスかしら」

「そうに決まってるじゃん」

猫は、白猫と黒猫だった。尻尾だけではなく、視線まで絡ませている。

「陽花。最近ひとりで、下着を買いに行った？　お母さんの知らない下着が、あったみたいだから」

「うん、友達の付き合いで」

レースがあしらわれた上下セットの下着。中学生にしては、淫靡《いんび》だ。

そう、と頷き、私は呼吸を整え、陽花にスマートフォンを返す。

「陽花。バイトの話は、また後で聞くから。ごはんにしましょう。今夜は大根と鶏肉の甘辛煮。油は控えめにしたから」

「ただいま」

私の言葉を遮り、陽花が私に紙袋を突きつける。そそくさと台所へ行く陽花を尻目に紙袋を開封すると、３Ｌサイズのボーダーシャツがあった。色は白と赤で、ばかみたいにおめでたい。

「陽花！　お母さんまだＬＬサイズよ」

怒鳴りながらも、涙がにじんでくるのだ。

翌朝、利用者の自宅に直行する途中で、所長から個別にＬＩＮＥメッセージがきた。内密の話があるという。突如、昼休みは所長とのミーティングになった。

指定されたファミレスに到着すると、テーブルにはすでに日替わり定食がふたり分、並んでいた。早い、安い、適度に不味《まず》いメニュー。

「平沼さん。柳さんの噂なんだけど」

所長が、ハンバーグにタバスコをかけた。

「利用者に、裏で性的サービスを提供しているらしいんだ」

「え？」

やはり、園枝の言うことは本当だったのだ。しかも、瑠衣の客は一成だけではないらしい。

介護の現場でこういう事例がはびこっているのは、まことしやかにささやかれているし、不可抗力の場合もある。けれど瑠衣は違う。金銭と、自己顕示欲を満足させるためではないのか。瑠衣のような、はた迷惑なホームヘルパーがいるから、地道に働いている人達の地位が向上しないのだ。

「私は、存じませんでした」

「くそ、平沼さんなら知ってると思ったんだけどな。証拠がないんじゃ話にならん」

所長がハンバーグを咀嚼する。くちゃくちゃという、耳障りな音。

「でも柳さんなら、そういった行為をしていてもおかしくないですね」

私は、煮詰まって塩辛いコンソメスープを一口すすり、所長を見据えた。

「柳さんみたいな、若さと美しさがあれば、それをお金に換えられますし。若ければ若いほど、罪の意識はないですからね」

私は滔々《とうとう》と嘘を吐く。女なら、罪の意識など自在に操れる。年代も美醜も無関係だ。

なるほど、と所長が小刻みに頷いたのを機に、私は席を立つ。

「午後の仕事がありますので」


翌日、しばらく瑠衣の勤務がお得意様のみになるという連絡が、グループＬＩＮＥで流れた。メンバーから瑠衣が外されていることについて、他の社員や派遣社員は口を噤んだ。

同情するそぶりで、瑠衣にＬＩＮＥをしてみる。園枝の亡き夫、一成や他の利用者にどんなケアを提供していたのか。歴然たる規則違反だし、一成に至っては妻公認というのも釈然としない。

園枝の、さりげない針のような一言が下腹で疼く。


主人が、あなたじゃたたないっていうものだから……


三軒を順繰りに回り、直帰する旨事務所に連絡をした。特売品を物色しようと、スーパーまで自転車をこぐ。店頭に焼鳥の屋台が出ており、野良らしき仔猫がうろついていた。白と黒のブチだ。

ふと、目の前が暗くなった。

「奥さん、夕飯のおかずにどう？　安くしとくよ」

陽気な店主を無視して、スマートフォンで「にゃんカフェ」を検索する。

似たような名前の猫カフェは複数存在したが、画面を繰っていくと、マッチングサイトにたどりついた。極彩色をバックに、十代の少女から二十代の女性、さらに熟女まで、将棋盤のように規則正しく顔写真が並ぶ。いろいろなケアに合わせて、料金まで提示してある。お散歩、お食事、手つなぎ、耳かき、膝枕、リップ、マッサージ。

身体がふらつく。

炭が爆《は》ぜる音、焦げつく匂い。でも、煙のせいじゃない、まやかしでもない。

そこに、私がいたのだ。

熟女のページに私がいた。びっくりした顔の私。

いつだったか、瑠衣が撮った写真だ。

「奥さん、具合悪いの？」

しゃがみこんだ私を、店主がいたわる。仔猫が、鶏肉の切れ端に食いついている。

唇を嚙み、未成年のページをつぶさにチェックした。陽花はいなかった。そっと仔猫を撫でる私の手が、震えた。安堵なのか怒りなのか、両方なのか、わからなかった。

白と黒のブチ。みすぼらしいけれど健気な仔猫。許せないのは、そそのかす大人だ。いや、大人とは限らない。いけすかないメス猫が騙すかもしれない。

スマートフォンに再び目をやると、ＬＩＮＥに瑠衣からの返信があった。すぐさま、電話をかける。

「柳さん。今、どこにいるの」

『ちょうどよかった。私も平沼さんに話があるんですよ』

しゃあしゃあと言ってのけた。

「そう。今からそっちに行くから。場所をおしえて」

瑠衣が指定したのは、三鷹から電車で十分ほどのカラオケボックスだった。


中野は、稚拙な活気が充満している。学生の街というイメージが抜けず、居心地の悪さがぬぐえない。

北口駅前のカラオケボックス周辺にも、学生らしき男女がたむろしていた。フロントで手続きし、轟音が漏れ聞こえる通路を急ぐ。一番奥の静粛なドアをあけた。

瑠衣が、ソファに深く身体をうずめていた。

「何か飲みますか」

髪をかきあげ、平然と聞く。私は上着をハンガーにかけ、入口にある電話でウーロン茶を注文した。

「あ、私もウーロン茶」

瑠衣は、事も無げに言う。憤慨しているのを悟られないよう、殊更にていねいに、追加を告げ、受話器を戻した。

「柳さん。あなた、私の写真を無断で使ったでしょう。削除してって言ったはずよ」

ソファに乱暴に腰を下ろす。

「だって、くやしかったんだもん」

「くやしい？」

瑠衣が脚を組む。ファー付きのピンヒール。介護の現場では決してはけない。

「所長にチクったの、平沼さんですよね」

「何の話かしら」

「とぼけないで。おかげで副業がひとつ台無しになったわ。だから、仕返し。削除しないでよかったぁ」

店員がウーロン茶を運んできた。ストローをさすのももどかしく、私はグラスのまま一口飲む。

「柳さん、あなた、裏で性的なサービスをしていたのは事実なんでしょう。いつから？　藤井一成さんにも、同じことを？」

「ああ、元超エリートの超エロじじい」

瑠衣がストローで、ウーロン茶をかき回す。マニキュアではなく、グレーのジェルネイルだ。

「元超エリートも、認知症になっちゃったら、エロしか残らないんですね。理性なんてまるでなしで、見境ないエロっぷり。でも」

当時を思い出したのか、髪をもてあそびながらほくそ笑む。

「私だけが悪いんじゃないですよ。だって私、園枝さんから頼まれたんですもん。ジジイの相手をしてくれって。園枝さんは潔癖なところがあるから、ボケちゃった夫は相手にできなかったんでしょうね」

「それでも断るべきでしょう。あなたにはプライドがないの」

「平沼さんにはあるんですか。プライド」

「あるわ。自分と、娘のための」

「ぷっ」

瑠衣が噴き出したので、私はとっさに片手を上げた。瑠衣を叩いたら、それこそなけなしのプライドが粉々になってしまう。手を引っ込めた拍子に、私は身体のバランスを崩した。バッグからスマートフォンが落下する。

拾った瑠衣が、勝手にホームボタンにふれた。

「ちょっと、何してるのよ」

「この子、お嬢さんですか」

「そうよ。悪い？」

待ち受け画面は、陽花の中学校の入学式に一緒に撮った写真だ。

「やっぱり、そうですよね。苗字が同じだから、もしかしたらって思ってた」

「いつから陽花を知っていたの」

「陽花ちゃんには、めっちゃ親近感湧いたんですよ。見てください、これ」

瑠衣が自分のスマートフォンを、私に突き出す。画面には、下膨れで重たげな一重瞼に団子鼻、ニキビだらけで、皮脂で数本ずつ髪が固まったおかっぱ頭の少女がいた。

「高校生の時の私です」

はからずも喰いついてしまった。唾液を飲む音は、我ながら下品だ。

「私、整形なんです」

完璧な自信に彩られた瑠衣の微笑は、むしろ恐怖だった。私の思いは言葉にならず、喉元でとぐろを巻く。

「高校卒業してすぐに整形して、エステに通って痩せたんだけど、未だに借金まみれ」

「どうして整形したの」

「人生変えたかったから」

「外見を変えても、中身は変わらないでしょう。遺伝子とか、血のつながりは」

「骨髄移植すれば血液型だって変わっちゃいますよ。あはは」

瑠衣は、臆面もなく一笑に付す。陽花もこんな風に、軽くとらえているのだろうか。

「そういうことじゃないのよ」

ではどういうことなのだ。私の中で、捨てたはずの過去が津波のように襲来する。もし私が、美しかったら。

「柳さん。あなた、せっかくきれいになったんだから、介護の仕事なんかやめればいいでしょう。キャバクラでもなんでも、堂々と顔と身体を売ればいいじゃない」

「冗談じゃないわ。まだまだ全然足りない。脱毛だって残ってるし、こんなんで、キャバクラなんかで働けるわけない」

この女も一生、自分と戦うのだ。私の、ウーロン茶の氷がひとつ、死んだように浮かび上がった。同時に、ドアがひらく。

振り向いた私の、視界が陰る。カラオケボックスの、薄暗さのせいではない。

「え、お母さん？　なんで」

戸惑い、立ち尽くす陽花がいた。

「陽花、あなた」

瑠衣は知らんふりで、リモコンを操作した。地響きのようなロックが、耳をつんざく。

「陽花ちゃんもー、ウーロン茶でいいー？」

陽花が頷いたので、私は入口の電話をかけてしまった。なぜだか。

陽花は所在無げに身をくねらせつつも、瑠衣に心を奪われている。羨望のまなざし。どうして、こんな女に。

「平沼さん。陽花ちゃんからバイト希望でサイトに問い合わせがあったの、ついこの間ですよ」

「それで、グループＬＩＮＥに招待したのね」

「陽花ちゃんがバイトするなら、平沼さんの写真は削除しないとですね」

「バイトなんかさせないわ。ちょっと調べさせてもらったけど、未成年に売春まがいなことを斡旋しているでしょう」

瑠衣にかまをかけてみた。困窮している瑠衣ならやりかねない。

「お互いが納得してやっているんだから、いいじゃないですか。家出して行き場のない女の子なんか、よろこんで登録してくれますよ」

家出少女まで斡旋しているのか。

「人助けだって、罪は罪よ。いざとなったら警察にばらすわよ」

精一杯、虚勢をはった。

勝手にどうぞ。瑠衣は意にも介さない。

ばかにしているのだ。私はこぶしをにぎりしめた。手のひらに爪が刺さる。

「平沼さん、歌いませんかぁー」

瑠衣が間延びした声で言い、私にマイクを投げてよこす。ギターの轟音でスピーカーが振動し、陽花はドア付近でもじもじしたまま、店員にウーロン茶を渡される。

叫べたら楽だろう、と思う。腑抜けになる直前で、瑠衣にマイクを投げ返した。

モニターに映るのは夜空。大画面にトリミングされた濃紺の街。消え入りそうな水玉模様の星とネオンは、異国のようにそっけない。このカラオケボックスごと、神様に遺棄されたようだ。

リモコンで音量を下げた。

「歌なんかうたわないわよ。早く写真を削除して。早く」

私はひたすら、かりそめの夜を見ていた。遅番が終わった後の帰り道にも、私は度々夜空を仰ぐ。目を凝らすと、淡く白い雲や月影が滲むように現れる。そういうのを認めると、私の胸は穏やかにリズムを刻んだ。

「陽花、帰りましょう」

曲は終焉を迎え、点数と消費カロリーが表示された。

「お母さん、私、瑠衣さんみたいになりたいの」

点数ゼロ、消費カロリーゼロ。嘘っぱちだ。少なくとも私は、疲労困憊している。

「この人、整形よ。全部偽物」

瑠衣は、あっけらかんとしている。陽花は、心底不思議そうに、首を傾げた。

「知ってるよ。でも、表面上だけでもきれいだったらいいなって、私思う。中身なんて見えないもん」

瑠衣が、天井に両手をかかげた。まぶしげにうっとりと、目を細める。

「平沼さんも、そういう風に思ったことないんですか。もし、きれいだったら、って」

楕円に整えられた美しい爪が、ライトに反射した。

もし私が、街中を闊歩する日向《ひなた》のような美人だったら、陽の世界の住人だったらと、幾度も妄想した。公貴は私を心底愛してくれただろうかと。

みっちー、結婚してください。一生養います。なんて、頭を下げて懇願してくれただろうか。公貴と私と陽花。母子ではなく、親子で、しあわせに暮らせただろうか。

大画面が、闇一色になっていた。

「柳さん」

星もネオンも、うっすらとした雲も月影もない、絶望みたいな暗さで塗りつぶされた大画面に、私が映っている。

人工の顔をくっつけた、あくまで自然体の瑠衣は、絶望に背を向けていた。

「柳さん、あなたは、親を、母親を、全否定したのね」

「否定の連鎖を、私が断ち切ったんですよ」

意に介さずといった様子は、むしろ菩薩のように神々しかった。瑠衣の母親は、きっと整形前の瑠衣にそっくりなのだろう。

「それでも、いけないことよ」

「平沼さん、陽花ちゃん産んでから、セックスしてます?」

「え……」

「うちの母親も、私を産んでからセックスしていませんよ、確実に。そんな母親、私は嫌だし、女として尊敬できない」

「陽花の前で、なんてこと言うの」

毅然として、私は言った。

「母親なんだもの。母親なのよ」

正面切って、怒鳴り散らす。しなくても困らないのに、していない女だと決めつけられるのは、どうして我慢ならないのだろう。安売りしたくないとか、母親だからとか、全部いいわけだ。自分の中の女が、息も絶え絶えなのを認めたくなかった。

瑠衣は一瞬だけ尻込みしたが、すぐに腕時計に視線を移した。

「やだ、もうこんな時間。彼氏にごはん作ってあげなきゃ」

足取りもかろやかに、去っていく。

「……陽花。帰りましょう」

テーブルに放置された、伝票をつかむ。

「……ただいま」

陽花が言った。

「ただいま」

ごめんなさいの代わりだろうか。涙が込み上げてくるのを必死にこらえ、陽花の手をぎゅっと握った。


スーパーで半額になっていた惣菜を買い、陽花とふたり、家に着いたら二十時半を回っていた。

道すがら陽花は終始無言だったが、とりあえず私は夕食の支度をした。筑前煮と鯖の塩焼きをそれぞれ皿に移し、ほうれん草の胡麻和えと鶏のつくねはお弁当用に分けておく。冷凍ごはんをレンジであたためたところで、陽花が口をひらいた。

「お母さん。お母さんも一緒に整形しようよ」

「え?」

「ねえ、お母さん。一緒に整形して、ダイエットもしようよ。お母さんだってまだ四十五歳じゃん。顔や身体が変われば、人生変わるよ。好きな人だってできるかも」

「でも、血は、中身は変わらないのよ」

「ああもう、そういう考え方がうざい」

陽花が居間へ歩く。私も慌てて追う。大股で三歩。

「お母さん。私、お母さんが一生懸命働いてるの知ってるし、感謝してるけど、でも時々無性にうざくなる。お母さんはさ、自分で自分を、日陰に干されっぱなしで、生乾きみたいな女にしてるんだよ。お父さんだって」

レンジの中で、ごはんが冷えていく。

ダイニングテーブルに並べた、筑前煮と鯖の塩焼きも、別に取り分けたほうれん草の胡麻和えと鶏のつくねも、そ知らぬふりで冷えきっている。

「お父さんだって、なによ」

たとえお腹を痛めて産んだ娘だとしても、公貴の件にはふれてほしくなかった。もっとも、お腹の痛みも忘れてしまっている。

「お父さんだって、お母さんがもっと毅然としていたら、ＤＶしなかったんじゃないの」

すでに過去だから。捨てたはずの。

「知ってたの」

「やっぱりそうなんだ。お母さんの、背中の火傷の跡。普通じゃないって思ってた」

出産や火傷の激痛は、公貴のシャツと一緒に捨てた。収集車がゴミとして持ち去ったのに、まだ痛みがくすぶっている。あるいは痛みも飽和して、歩むごとに沈んでいく、砂の日々だ。

「……ごめんなさい陽花」

謝罪は逃げだ。先に謝ってしまえば、これ以上悪くはならない。

「なんであやまるのよ」

「ごはん食べましょう」

ラップに包まれたふたつのごはんを、茶碗に移す。

否定の連鎖を、私が断ち切ったんですよ……


瑠衣の言葉が、私の身体中をかけめぐる。

「食べましょう」

「私、いらない」

陽花が髪を撫でつける。過剰な皮脂で数本ずつかたまったおかっぱ頭。

「いただきます、って言って」

お椀にインスタントの味噌汁をあけた。

「いい。もう寝る」

「ねえ、陽花。いただきます、って。先に言ってよ。ただいまも、いってきますも、先に言うものでしょう。さっきはただいまって、言ってくれたじゃない」

「なによ、いきなり。わけわかんない」

「どうしてみんな、私をバカにするの」

湯気がか細く昇っていく。やかんのお湯をぶちまけたかった。いつかの公貴みたいに、誰かに危害を加えたかった。殊更に、血のつながりが憎くなることだってある。

公貴にとって私は、憎悪という人間臭い対象ですらなかったけれど。

私は、自分のバッグを床にぶちまけた。

ウェットティッシュ、筆記用具。化粧ポーチからはみ出た、陽花のお古のファンデーション。

中身が割れて粉々になった。

「……うざい」

陽花が目に涙をためていた。唇を真一文字に結び、蔑みと憐れみがないまぜになった目で、私を射すくめる。

「陽花、ファンデーションは自分の肌色に合ったものを使うべきよ。ニキビはコンシーラーで無理に隠すとかえって目立つわ」

「うるさいな、ブス」

実の母をブスと罵る、陽花の悲しみによりそってみた。すると涙ではなく笑いがこみあげてきたのだ。身体を流れる血という血が、私をたきつけているようだった。

骨髄移植をすれば血液型だって変わると、なんの気なしに瑠衣は言った。だったら、血のつながりや家族の絆は、私が大切だと妄信してきたものに意味はあるのか。遺伝子だって記号や単位に過ぎない。目に見えないあやふやなしがらみにがんじがらめになっているのは、私なのだろうか。

「何がおかしいのよ」

お湯が沸騰し、やかんのふたが暴れ出す。堰を切ったように私は笑った。裏腹に、陽花は涙をあふれさせ、私とそっくりな、可哀想な顔がさらに不様になった。

「お母さん、おかしいよ」

陽花が私のバッグを拾って投げつけ、自室に引き返す。ひしゃげて転がった、みすぼらしいバッグ。まるで持ち主そのものだ。

入れ物だけになった陽花のファンデーションを、ゴミ箱に捨てた。

ボアのカバーがかかったソファに、園枝が身体をあずけている。私はかしずくように、園枝の靴下を脱がせてやった。ちんまりとした素足は白くなめらかで、爪も磨かれている。勿論。

ホホバオイルを両手にたっぷりとなじませ、園枝の足先をほぐしていく。

園枝は恍惚《こうこつ》とした表情で、まぶたをとじる。

「気持ちがいいと、どうして人は目をつぶるのでしょうか」

「自分の気持ちよさだけに、集中したいからじゃないかしら」

「私がもし、男だとしても、そうしますか」

「女は、自分の中の女に集中するのよ。相手が誰だとしても」

平沼さんったら、わかるでしょう、とでも言いたげに、はにかむように園枝は笑う。

私は園枝の足指から踵《かかと》、踝《くるぶし》に手をすべらせた。スカートの裾を上げ、膝の位置でたたむ。たるみもしみもないふくらはぎは、マッサージなど不必要なほど優雅な曲線を描いている。

柱時計が十二時の鐘を鳴らす。園枝がまぶたをゆっくりとひらき、手を宙に泳がせた。

「平沼さん、私のスマートフォンどこかしら」

「あ、ここに」

テーブルに置かれたリモコンケースに、スマートフォンがあった。サイドボードの上、観葉植物の横にガラスの小瓶がある。中身は、赤い実だ。ある種異様な、赤を放っている。

「平沼さん?」

「あ、すいません、あの」

「何かしら」

「あのガラス瓶、何が入っているんですか」

こたえる代わりに、園枝はシニヨンをほどいた。丹念に染められた髪が、うなじから肩、鎖骨へとこぼれた。

「おまじないよ」

くすぐったげに笑う。内緒ごとを出し惜しみするように。

「何かを、終わらせたくなったら使うの」

園枝の、伏せられたまつ毛が、頬に不気味な影を落とす。私の背筋が、一瞬凍った。

園枝の陰は、陽が濃いからこそ、小気味悪く妖艶で、恐ろしかった。

園枝が、指で爪を撫でる。

「信じていたものが崩壊すると、女は別の生き物に生まれ変わるのよ」

「……え」

「主人のこと」

打ち消すように唇を上向きに曲げると、園枝の頬に無慈悲に濃く、ほうれい線が刻まれた。

「私、柳さん、あの女を消したいって思っていたの。酷いわね。でも本当にそう思ってしまったし、心で思うのは自由でしょう」

園枝が、親指の爪を噛む。

「平沼さんも、あの女は嫌いじゃない？　気に入らなかったら、心の中で消してもいいのよ」

消す。なぜ。私より若くて美しいから。陽花を挑発したから。血のつながりを軽んじたから。

「私には、できません。心の中だけでも消すだなんて、不吉で。生真面目と笑われるかもしれませんが、私は、娘にとって自慢できる母親でいたいんです」

「自慢」

と、園枝が親指の爪についた口紅を、指で拭う。

「そう。お嬢さんの自慢でいたいのね。でもね平沼さん、娘なんて、さっさと親を否定するのよ」

「それは……。そうとはかぎらないと思いますけど」

「言葉が悪かったわ。つまり、さっさと自立するってこと」

「でも、娘には私しかいないんです」

「平沼さんには、家族だと信じられる家族がいるのね。しあわせだわ」

園枝よりも私がしあわせだというのか。この女はいったい、正気なのか。

「何をおっしゃっているのか、よくわかりません」

「言ったでしょう。信じていたものが崩壊すると、女は別の生き物に生まれ変わるのよ」

突如激しく言い放ち、両手を天井に向かってかかげた。

「何かしら、この忌々しいピンク。私は、もっと違う……」

「おきれいです」

園枝は更年期障害かもしれない。いや、もうとうに終えたのではないのか。

「ごめんなさいね、平沼さん。もう、どうでもいいの。あのガラス瓶は、私だけのおまじない」

「ドライフルーツですよね」

「ええ。ドクウツギっていうの」

「毒、ですか」

私は、自分自身が毒のように思えた。沈黙していたら、園枝がふと真顔になった。

「ねえ、平沼さん。家族がお金で買えたら、って、思ったことある？」

「……それは、愛人とかそういう……」

「ばかね、そうじゃないわ」

自分で問いかけておきながら、園枝は嘲弄した。腹立たしくて、つい、園枝の足の爪を強くつまんでしまう。

「痛いわ」

「すいません」

「私こそ悪かったわ。ねえ、さっきの話」

「家族は、お金で買えるものではありません」

「そうかしら。私にはもう、あげられるのがお金しかないの」

園枝は、瑠衣に嫉妬したのか。

年寄りのくせに。私は園枝を、ことあるごとに冒瀆《ぼうとく》してきた。天性の美も培われた品格も、寿命があるのに、当の本人は理解しているのだろうかと。

「だから、買えるなら買いたいのよ」

雪仁がほしいのだろう。この、いつまでもお姫様気取りの女は、どうしようもない淫婦だ。心の中で精一杯凌辱しているのに、私は否定も肯定もできなかった。園枝は、陰りゆく美と品格を財力で埋めようとしている。それは、とてつもなく悲しく思えた。

「お金で買えたとして、虚しくないですか」

「じゃあ、何をあげればいいの」

こたえられなかった。ただ冷静さを装うように、園枝の足にホホバオイルをなじませた。園枝の足や脚、皮膚のあちこちは、年齢の割にちっとも乾燥していない。

「何をあげたらいいのかしら。お金以外何を」

うわごとのようにつぶやく。

私にはわからない。家族は整形するようには、作れないのだ。

「平沼さん、私のスマートフォン」

園枝がこれみよがしに、宙で手をひらひらさせた。ただちにスマートフォンを手渡すと、なんと園枝は自撮りをした。斜めに顔を傾け、顎から首筋のラインを際立たせ、指を舌にあて身体をよじる。呆気にとられた私をよそに、今度はしとやかに操作をした。園枝のなまめかしい唇の角度に、私は男の匂いを嗅ぐ。

「あら、もうすぐそこに来ているの」

とろけるような口調で話し、園枝はするりと部屋を出て行った。

私はガラスの小瓶の、赤い実を見ていた。

いや、赤い実が私を捕らえたのだ。こんな明るい場所にはいたくないと。暗くて湿っていて、可哀想な場所でこそ、赤は輝く。

「今日は、これで失礼します」

動悸をごまかすように大声で言う。ガラスの小瓶から赤い実を半分ほど奪い、ハンカチに包みバッグに忍ばせた。

いったん玄関を出て数分、様子をうかがっていると雪仁がやってきた。私は庭にひそむ。

園枝が、子供のような姿態で背伸びをし、雪仁の頬にふれる。

まばたきひとつ惜しいといった様子で、雪仁の一挙一動を目で吸収している。目だけではなく、口も耳も、五感すべてで、雪仁を飲み込んでいる。

私は芝生を蹴った。園枝は、男として雪仁を雇っているのだろうか。いや、年齢差がありすぎて、その設定だとのめり込めないのではないか。では息子か？

家族と諭されれば、家族に見えてくる。

「だから、買えるなら買いたいのよ」

雪仁の人生ごと、ほしいのだろうか。

雪仁が、庭に視線をさまよわせた。私を捉えても、雪仁は寸分も動揺せず、私の神経を逆撫でするように、園枝に甲斐甲斐しく仕えた。園枝の手をさすり、後れ毛を耳にかけてやり、顔をよせる。

きっと園枝は、目を見開いているだろう。雪仁のまぶたや息づかいを、余すことなく堪能しているはずだ。

私の胸の中で、妙に冷えた炎が再燃した。嘲りなのか、悔しさなのか、羨望なのか、そのすべてなのか。私の感情は冷たすぎて熱く、赤い。

雪仁と園枝がソファになだれ込む。冬の空気は手厳しく、容赦なく澄み、真昼の太陽のまぶしさが、私を打ちのめす。

バッグの中で、赤い実が疼く。いや、疼いているのは私の下腹だろうか。無駄な経血が、幾度も滴る。毎日が砂のようなのに、月に一度、拍車をかけて空虚になるのだ。

まだ、赤を感じるだけましだろうか。

私はがむしゃらに、自転車をこいだ。

夕方、スーパーによった。トイレットペーパーなどのかさばる日用品や缶詰や乾物をカートに入れ、精肉コーナーで鳥のささ身を手にしたところで、突然何もかもがおかしくなった。私はささ身を陳列棚に戻し、豚バラ肉の塊をカートに入れた。ダイエットなんてくそくらえだ。特売になっていた卵とバターを追加して会計を済ませ、帰路につく。

クリーム状に練ったバターとグラニュー糖を合わせ、溶き卵を加えて混ぜる。そこへ、常備してあった薄力粉とベーキングパウダーをふるいにかけ、さらに赤い実を加えて混ぜ合わせた。オーブンで焼いている間に、豚の角煮に取りかかった。

テレビが、夕方のニュースを流している。陽花は今日も遅いだろう。バイトを探すふりで、あてのない人生をやり過ごしている。圧力鍋を火にかけると、部屋に夜が侵食しているのに気づいた。窓の外、各々の家に灯りがともる。一軒家だったり分譲マンションだったり、私達のような公営団地だったり、家族がそこにいるというだけで、ほっこりしたイメージを彷彿させる。世の中には残酷な、無機質な、他人行儀な家族もいるのに、イメージだけは画一化しているのだ。

小雨が降ってきた。明日は部屋干しかと、ため息をつき、ただちに鼻で笑った。オーブンの中で、クッキーが香ばしく焼けていく。これもまた、ほっこりした家族の象徴かもしれない。

二十時を過ぎても陽花は帰らず、連絡もない。私はどんぶりにごはんを盛り、その上に豚の角煮をのせて一気にかきこんだ。

粗熱を取ったクッキーを二枚の皿に取り分け、乾燥剤を入れてラップをし冷蔵庫にしまう。公貴と暮らしていた頃にも、暇をみてお菓子を作った。簡単にできるクッキーが主だったし、公貴は見向きもしなかったが、冷蔵庫にしまっておくと、いつしか数枚ずつなくなっていた。こっそり味わっている茶目っ気たっぷりの公貴に、私の気持ちがほころんだ。

私は、瑠衣にＬＩＮＥをした。にゃんカフェのホームページから私の画像は消えていたが、写真そのものを本当に削除したかの確認だ。仲直りのしるしとして、渡したいものがあると付記する。仲直りなんて、我ながらしらじらしい。既読スルーで結構だ。

二十二時になっても陽花は帰らず、連絡が来る気配もない。腹を痛めた、血のつながった娘でも、十五歳の心情など理解不能だ。

万が一に備えて、ダイニングテーブルにメモを置く。

陽花へ
冷蔵庫のクッキーは食べないでね

正体不明の赤い実だ。用心するに越したことはない。まさか本物の毒など、園枝が保管しているはずもないけれど。

これは、憤懣《ふんまん》やるかたない私の気持ちを静めるための、儀式だ。瑠衣は、甘いものが好きだったから。

次のゴミの日に、捨てるつもりだ。

風呂に浸かりながら、下腹に手をのせてみる。出産の痛みも、血のつながりも、単なる刷り込みかもしれない。

病んでいると内心で嘲りながら、寝た。目をかたくつぶり、園枝が言うように自分の中の女に集中してみたが無駄で、規則的に降る雨音に、うつろになるだけだった。

濡れているのはきっと、地面ばかりだ。


翌朝、目覚めたら十三時を回っていた。午前中は非番だったので私自身に問題はないが、陽花の姿が見当たらない。中途覚醒もせずに十四時間以上も熟睡したのは、独身の時以来だ。家中どこにも陽花はおらず、しかし洗濯機に陽花の下着と靴下とブラウスが放り込まれてあったので、帰宅はしたようである。

テレビをつけ、今日が第二土曜日だと知った。月に一度、授業のある日だ。陽花は学校に行ったのだろう。

お弁当を作るのをすっかり忘れていた。午後は塾もあるのだ。

あとで陽花に電話しなければ、と悔やみながらお湯を沸かす。窓をあけると、雨はすっかりやみ、雲間から光がそそいでいる。部屋干しせずにすみそうだと、私は洗濯機のオートボタンを押した。

ガスコンロの火を止め、インスタントコーヒーを淹れる。冷蔵庫の上に置いたマーガリン入りのロールパンを片手に、なんとはなしに冷蔵庫をあけた。

クッキーが一皿、ちょうど半分なくなっていた。その横に、手紙が一通あった。宛名は「お母さんへ」。

お母さんへ
一昨日は、ひどいこと言ってごめんなさい。
お母さんに、うざいとかブスとか、ほんとひどい。でも、本気でそう思ったのも本当。
私、高校に入ったらアルバイトしてきれいになるから、お母さんも一緒にきれいになろう。
今時はお金を出せば、何だって叶っちゃうんだよ。

お母さん、私がダイエットしてるから、クッキー食べないでって言ったの？　お母さん、やさしいね。

でも、今日はお母さんの手作りクッキーが食べたい気分。お弁当の代わりに持っていくね。

あと私、バイトしないから。瑠衣さんにも、塾に行く前にちゃんと断ってくる。

塾が終わったらすぐ帰る。夜ごはんは食べるね。

……


コーヒーを一口飲むと、背筋が寒くなった。冷静さを取り繕うようにロールパンをゆっくりと食す。

飲み込む前にシンクへ吐き出した。

スマートフォンで、ドクウツギを検索する。

うかつだった。名前を聞いていたのだから、調べるべきだろう。なんでもかんでも、調べていたくせに。

ドクウツギ（毒空木・Coriaria japonica）
ドクウツギ科ドクウツギ属の落葉低木。トリカブト、ドクゼリと並んで日本三大有毒植物のひとつとされる。
実は約1センチ程度であり、赤く……

本物の毒だったのか。園枝が、保管していた赤は。赤い実は。

信じられないと頭を振りながら、冷蔵庫にあるクッキーを俎板にのせ、包丁で切り刻む。しぶとく原形をとどめる赤い実を、包丁の柄で叩き潰し、俎板にこびりついた赤い果汁に漂白剤をぬりつけた。

排水溝に、見るも無残なクッキーを捨て、蛇口を全開にする。飛沫が顔に跳ねた。

陽花に連絡を、ＬＩＮＥ、いや直接電話を、と思ったのは、後処理が済んでからだった。私の一連の行動は、いたく下劣だった。私はやはり、毒そのものかもしれない。

スマートフォンで陽花の番号をタップしたら、着信音が延々と鳴り続ける。ＬＩＮＥは、一向に既読にならない。

袋小路だ。頭を掻きむしり、急ぎ着替えた。学校か塾か、とにかく陽花をつかまえなければ。

スマートフォンの時計は十四時半になろうとしている。バッグにスマートフォンを突っ込んだら、着信があった。

「陽花？」

番号も確認せずに、叫んでいた。

『もしもし、平沼陽花さんのお母さんですか』

若い女性の声だ。聞き覚えはない。

「……陽花……」

私は娘の安否よりも、自らの保身を優先したのだ。歯の根が合わず、返答もできない。

『もしもし？』

恐くなって、電話を切った。胸が苦しい。呼吸が乱れる。死ぬ、みたいに。

お母さんも一緒にきれいになろう。今時はお金を出せば、何だって叶っちゃうんだよ……

陽花。そうね、何だって叶うんだよね。

私は、陽花がプレゼントしてくれた白と赤のボーダーシャツを着ていた。

白と黒のボーダーシャツは、葬式みたいだと嫌われる。では白と赤はどうなのだろう。今日の天気みたいに晴れやかで、おめでたすぎるのだろうか。

私は瑠衣を、「おまじない」で終わらせようとしたんじゃない。ほんの悪戯心《いたずらごころ》だ。心で、ほんの少しだけ、思ってしまったのだ。こらしめてやりたいと。

洗濯機のブザーが鳴った。外を見ると、各家庭の洗濯物が平和に陽を浴びている。ゆらゆら、まどろむように。

陽花が、もし、死んだら。

警察が来るだろうか。司法解剖を行うのだろうか。せっかく解剖するなら、顔も変えてもらおうか。陽花の最大の願い。

もし、私が美しかったら。

スマートフォンで、ファミリータイズを検索した。聖雪仁のデジタル名刺には、すぐに到達した。下部に、携帯番号。

「家族の絆」

言葉にしてみても、形にはならない。瑠衣だって、園枝だって、架空の自分や他人に人生をゆだねている。

ねえ、平沼さん。家族がお金で買えたら、って、思ったことある？

園枝は、真顔でたずねた。私は否定できなかった。おそらく誰もが夢見ることだ。家族の絆がお金で買えたら、と。

『もしもし』

雪仁の抑揚のない声。私は、うつろになりながら言った。

「娘をひとり、お願いしたいんです。年齢は十五歳、中学三年生。できれば街によくいる美人タイプで、それなりに垢ぬけてて痩せてて。ちょっとしたわがままなら許せるけど、母親をうざいとかブスとか言わない……」

視界が、水浸しになった。頬に涙がつたう。

『本当に、そんな娘がほしいですか』

雪仁が言った。明るく、残酷に。

すぐさま私は電話を切った。過呼吸を起こしそうになりながら、着信履歴の一番上をタップする。

『もしもし。平沼さんですね』

「……すいません、どちら様ですか」

『私、泉ゼミナールで事務を担当しております、安川《あがわ》と申します』

陽花の塾の事務員だろうか。私は胸を押さえ、唾液を呑み込み、受け答えをした。

「平沼です。陽花に何かあったんですか」

『はい、陽花さんが階段で転倒して、病院に運ばれたんです。先程、足を剝離骨折したと連絡がありました』

ほしくない、と私は心で、叫ぶ。そんな娘などほしくないと。私がほしいのは、私だけの陽花だ。

一緒にきれいになろうと言ってくれた、不細工で可愛い、私の娘だ。

若さも美しさも、もろく儚い。永遠の憧れより、私は私だけの、絆がほしい。

「すぐに、行きます」

命の源みたいに、涙があふれてくる。

それはこの上なく、あたたかいものだった。

花園

鏡を見たら、しわが一本消えていた。

毎朝、数えているわけではないのだし、むしろしわなど数えるようになったら、女も終わりだと思っている。茶褐色に染めた髪をていねいに梳《す》き、無造作に結わえた。

「入っていい？」

雪仁が、ドアをノックした。トイレへは、洗面化粧室を経由しなければならない。

「いいわよ、ごめんなさい」

振り向きざまに、背後からぎゅっと抱きしめられた。鏡越しに見る、私のこめかみに鼻先をこすりつける雪仁は、どこか捨てばちで陰りのある顔をしている。深いしわなど、見当たりはしないけれど。

尿もれパッドは替えたわよね、と心で念を押してから、私は注意深く雪仁に抱きついた。

「ごめんなさい、トイレね。どうぞ」

すぐに腕を離し、心持ち身を引く。

「ううん、そうじゃなくて」

雪仁が、もどかしそうに身をよせつけ、

「今日、俺達が初めて出会って半年記念日」

私に頬ずりした。雪仁の頬はもぎたての果物みたいだ。

「半年。今日？　昨日、ではなく？」

「そう。昨日も、まあ、記念日だけど」

雪仁は下半身だけ、シルクのパジャマを着ている。光沢のある薄いブルーが、ともすれば不健康な雪仁の肌色と体軀《たいく》を、天から降りてきた貴いもののように輝かせていた。私の見立てだ。

「早いものね」

「うん。あの山に感謝だな」

「まさか、また山登りしようなんて言わないわよね」

「まさか。でもそれもいいな。俺がおぶっていく」

姥捨《うばす》て山みたい、とつい思ってしまったので、洗面台の蛇口をひねり、手を洗うふりをした。

「俺、お祝いのケーキ買ってくるよ」

「帰りは、明日の朝でしょう」

今日、雪仁は夜勤も兼ねているのだ。人手が足りないのか、たまにこういった日がある。

「うん、だから、夕方にケーキを買って、事務所の冷蔵庫にあずけて、明日の朝早くに取りに行って、帰ってくる」

私を説き伏せる。大人ぶった振る舞いがかえって子供じみてしまうことを、雪仁は知らない。

それが年上の女をよろこばせることも。

「ありがとう。じゃあ、お金を」

私は上半身だけ、シルクのパジャマをまとっていた。男物の衣類は、抱かれているようで安心できる。襟を正し、リビングまで小走りした。ソファに置いたハンドバッグに、朝陽が降りそそぐ。口金をあけた私の手に、すかさず雪仁が手をのせた。

「いらない」

お財布ごと私の手を握りしめ、そのまま、バッグに戻す。

「ケーキとそれからワイン、花も買おうかな」

「花？」

「うん」

「りんご飴じゃなくて？」

初めてここに来た時、雪仁は赤い薔薇をりんご飴みたいだと言ったのだ。

「それは、いらない」

「花も、もういいのよ」

花はすでに、たくさん咲いている。カランコエ、スイートアリッサム、クレマチス、ビオラ、とりどりの薔薇。たとえ真冬でも、私の日々にはとりどりの花が咲くのだ。

「それにほら、ベッドにはまだ、ダリアとスイートピーがあるのよ」

「じゃあ、ベッドに行こうか」

「ばかね」

雪仁の前髪を指でかきわける。ピンク色の爪は、今日の私には少し清楚だ。マニキュア、ぬりなおさなきゃ。

昨日、雪仁が私の身体をひらいたから、雪仁は私のお財布をひらかなくなったのだろうか。

私はハンドバッグからスマートフォンを取り、自分に向けてかざした。

「園枝、また自撮り？　俺が撮ろうか」

「いいのよ、自分で自分を撮るのが大切なの」

「変わってるな。たまには一緒に撮ろうよ」

「そうね、そのうち」

はぐらかして、ホームボタンを押す。私が切り取る、唯一無二の私。

雪仁がハンドバッグの口金をとめ、私のまぶたに、唇に、手の甲にキスをした。

目をあけると、私の手から、しわがまたひとつ消えているのだ。

私が朝食の支度をはじめると、雪仁は庭の手入れをする。玄関を掃き、花壇に水をやり、時におどけたようにラジオ体操をした。調理の合間に私がリビングの窓から雪仁を観察しているのを、知っているのだ。

おかげで私は、目玉焼きやトーストを焦がしたり、スープを火にかけっぱなしにして吹きこぼしたりと、しらじらしいような新鮮なような失敗を重ねた。

「ごめんなさいね、焦がしてしまったわ」

と私が心底申し訳なく思いながらお皿を並べると、

「苦くておいしい」

と、雪仁は新しいことを覚えたみたいに言う。

けれど、雪仁は上っ面だけで発しているのではない。人肌の息吹でできている嘘は、水気のない本音より浸透するのだ。私はいちいち頰を熱くし、恥じらいを隠すために席を立つ。まるで熟していない女みたいに。

今日、雪仁は仕事で遠出をするらしく、朝食もそこそこに出かけて行った。昼間の勤務に加えて夜勤をこなすなど、若くなければできない。とはいえその仕事内容が、キャバ嬢が飼育している犬や猫の世話というのだから、世も末だ。しかも臨時のペットシッターは引く手数多なのだという。

やっぱり鍵は持たせるべきだった、と後悔しつつ私は洗い物を済ませた。予備を含めてふたつ鍵はあるのだし、持たせても何ら支障はないのだ。雪仁は、今日一日帰宅しないし、万が一無くしたら困ると辞したけれど。

もう合鍵を作ってもいい頃合かもしれない。私はくすぐったい気分で、シニヨンをほどいた。豊かな髪は美容院でも感嘆される。漢方の専門医が処方したサプリメントと、併設したサロンでのヘッドスパとフェイシャルエステの賜物《たまもの》だろう。

夫が生きていた頃は、夫が起床するより早く身支度を整え、エプロンで武装し、素顔などさらさなかった。それがたしなみだと心得ていたし、怠惰も許せなかった。何より私が、水気のある本音で夫を愛していると、信じていたからだ。今にしてみればとてもくだらない。

寝室へ行き、ベッドマットの下を探る。ノートを引っぱりだし、すかさず頬をよせた。昨夜のベッドの軋《きし》みを、このノートはまだ覚えている。

リビングへ戻ると、朝陽が粒子となって床で踊っていた。テーブルにノートと万年筆を並べ、私はいよいよ満ちたりた心地になる。水を飲もうと冷蔵庫をあけたら、ラッピングされたクッキーが鎮座していた。いらないと言ったのに、あの女が、柳瑠衣が勝手に作って置いていったのだ。彼氏さんと食べてください、と丸っこい文字で記した付箋が貼ってある。私はクッキーを取り出し、袋ごと握りつぶした。でもすぐに後悔し、ぼろぼろに砕けたそれを、お皿に移す。瑠衣がどうこうではなく、食べものに敬意を払わないなんて、女の風上にも置けないからだ。

指でつまんで、少しだけ食べてみた。バターの油っぽさと砂糖の甘さが過剰で、雑に作ったのが丸わかりの味だった。わずかばかり舌に残る果実の酸味が、救いとなっている。

グラスにミネラルウォーターをそそぎ、一息に飲み干す。お皿をシンクにのせ、よろめきながらソファにもたれた。急に息苦しくなってきたのだ。身体が痺れ、動悸もする。深呼吸を試みても、うまくいかない。

どうしたのだろう。雪仁、助けて。スマートフォンを求めて手を宙に泳がす。温めたセルロイドのようにゆがんだ視界で、赤い色だけが際立つ。

サイドボードにたたずむ、ガラスの小瓶。中に詰まった赤い実は、焼け焦げてなくなる寸前の、悪あがきみたいに妖しい。

赤い実が、少し、減っている。なぜ。私が今、食べたものは……。

意識が遠のいていく。まぶたをとじたら、今までのことがよみがえってきた。

◆

私、藤井園枝は幼少期からおとなしい性質なのに、風変わりな目立ちかたをした。同級生の男の子ではなく、教師をはじめとする大人の男が、抗えない禍々しさに憑《と》りつかれたように、私を盗み見る。年頃になるにつれ、成長した男の子達も遠巻きに私を観察するようになった。表立って人気のあった女の子の恋人に私が横恋慕したなど、噂がたつのもしょっちゅうだった。身に覚えがなく迷惑なだけだったが、なぜか男や男の子からの熱視線は途絶えなかった。

これは素質なのかもしれないとあきらめ、生かす方向へと持っていった。声色、口調、間の取り方や微笑みに少しばかり気を入れたら、おもしろいように男の人は陥落したが、元来私はおとなしい性質だ。さして奔放にふるまうでもなく、美貌には旬があると悟り、そつなく一番いい条件の結婚をした。

私が夫を選んだのは、省庁勤務という肩書や家柄はもとより、私を最上級に愛してくれたからだ。結婚後は多少おろそかに扱われるだろうと覚悟したものの、そんなそぶりは一切ない。妻として、何より私という人生に恥じないよう懸命につとめた。夫が二十九歳、私は二十四歳だった。可愛らしいふたりはすぐ、子供を授かった。

母となってしばらくしたのち、女の魅力は若さと対になるとは限らないと判明した。専業主婦だというのに、私はいろんな男の人に誘われた。フラワーアレンジメントの講師、一軒家の設計を依頼した建築士やデザイナーなど。当然、飢えた女みたいに尻尾を振って応じたりしない。私は、おとぎ話みたいな現実を地でいっていたのだ。一生、ただひとりの夫に愛される、たったひとりの女。愛でしか、女の賞味期限は守れない。

夫に庇護されていた私は、心の中で男の人をストックし、架空に遊ぶ。夫の出張が頻発すると、心と身体がはなればなれになりそうになる。性欲に突き動かされるなんてみっともない、と憂い、私自身を取り繕う術としてエプロンを装着した。良妻賢母でいる間はエプロンを身につけ、はずしたらどんなに卑しくて淫らな私が出現しても、それをひとりきりの贅沢な戯れとして謳歌する。私の指がまぶたの裏で男のものに成り代わり、出口のない秘密ばかりが増えていく。

私の奥底には限りない水がある。行き場をなくした水は蒸発し、時を経て私に降ってくるのかもしれない。夫が多忙になり、外の男達の目配せに惑うたび、私は自分が愛情過多なのか性欲過多なのかわからなくなった。

それでも、私に家族と家庭を与えてくれた夫に頼りきっていた。遅い帰宅も責任ある立場と激務ゆえだと、理解していた。肌を合わせなくなっても、はなから淡白だった夫のこと、さして気にもとめなかった。第一、女の私から働きかけるなど、この私がへりくだって快楽を乞うなど破廉恥極まりない。

一粒種の子供を育てる、未だ可愛らしいふたりだと私は妄信していた。おとぎ話のような現実があると、思い込もうとする自分を、ひたすら肯定してきた。

もしかしたら私は、心底人を愛した経験がないのだろうか。子供には一定の愛があっても、思慕の念ではない。背伸びして果実をもぎ取るように、丸腰で誰かに私をぶつけるなど、ありえなかった。

　そう気づいた矢先に、鏡で深いしわを発見したのだ。やがて私は閉経を迎えた。


　夫が脳溢血の後遺症で半身不随になり、のちに認知症になったのは、今から五年前で私は六十歳を過ぎていた。自宅療養は三年にも及び、凝り固まった夫の頭はたちまち溶け、さまざまなものを垂れ流した。唾液、鼻水、糞尿、精液、といった形あるものだけではなく、言葉、表情、臭気、といった、刹那的なくせに忘れがたいものまで。

　常に矍鑠《かくしゃく》としていた夫の身体が日々弱っていき、代わりに性欲だけはたくましく、鬼畜のようになっていった。奥手で女性慣れしていないはずの夫が、力ずくで私を押し倒し、容赦ない扱いをする。セックスはおろか、ふれあいすら十数年は皆無だった私の身体は、柔軟ではない。夫にとって私は妻でも女でもなく、ただの穴だ。凡庸でしかつめらしい、けれど純朴で一途に私を崇めてくれた夫は、雲隠れしてしまった。

　強姦そのもののような営みは、女の人格を破壊する。じょじょに私は自律神経がやられ、ガーデニングに勤《いそ》しんでいても、花蕊《かずい》をのぞいてしまうと嘔吐しそうになった。どうしても女性器を思い描いてしまうのだ。

　薔薇を剪定《せんてい》していた夕暮れに、ろれつが回らない夫の蛮声が聞こえた。全身が硬直し、動悸がする。とっさに股をすり合わせたら、なまあたたかい液体が滴った。血液ではない。夫と同じ臭いがしたから。

私が垂れ流すなんて。意思も理性も羞恥も、老衰が奪っていくのだろうか。風が吹き、薔薇の花びらが散った。花芯に近い部分はまだ瑞々しいのに、ふちのほうは枯れかけている。気づいたら、薔薇を花柄《かへい》から切り落としていた。中心部が淡いピンク色で外側が純白の、気に入りの品種、ボレロ。

夫が人としての尊厳をなくしていくのが耐えがたく、他人事ではないというのも我慢ならなかった。夫のように壊れてしまい、自我を越えて秘密が暴走してしまうのなら、いっそ今、人生に幕引きしてしまいたい。

私は、いかに美しく死ぬかを研究しはじめた。冬山で凍死をすれば死体は冷凍保存されきれいなままだと聞いたが、仮死状態になってしまうかもしれないし、中途半端に凍傷になって発見されてもことだ。首吊りは想像するより痛みも苦しさもないというが、腹の中をからっぽにしておかねばならない。飛び降りも恐怖より爽快感が勝るらしいが後始末が大変だ。他人の上に落下してしまったら、損害賠償を請求されるだろう。死んでまで身内に迷惑をかけるなど言語道断である。

薔薇に毒があれば、薔薇を食べて死ぬのに。そういえば身近にも、危険をはらんだ野生の植物が散在しているのだ。水仙の葉を韮《にら》と間違えて誤食し、死に至った例もあるではないか。

死の研究をしているくせに、生命力が溢れてきた。私は私に似合いの毒を探し、行き着いたのがドクウツギだった。トリカブト、ドクゼリと並ぶ日本の三大有毒植物である。南天にも似た赤く可愛らしい実は、熟すと黒紫色になり、食べると甘味があるという。熟した実には毒成分がないに等しいので、未熟なものを食せねばならない。花期は四月から五月というから、実を採集できるのは夏か秋か。自生するのは近畿以北の山地、あるいは河川敷や海岸の荒れ地だ。山中のほうが、きっとやりやすい。

私はドクウツギの目撃情報を事細かに調べるとともに、中高年向けの登山ガイドを熟読した。首都圏にも気軽に登れる山がいくつもあり、サークルなどもさかんである。暇を見つけてザックにトレッキングシューズに防寒具をそろえ、念のためにトレッキングポールまで用意した。初心者ゆえ、SNSの山歩きコミュニティに参加したり、あてずっぽうに探訪するしかなかった。しばらくは無駄足に終わったが、想定内である。美しい死は、そうやすやすとは手に入らない。事前準備を入念に行ったにもかかわらず、私は股関節を痛め、人工股関節置換の手術をした。

初冬だった。依然として娘の珠美子とは疎遠だったし、夫の介護も『なごみの手』に丸投げしていた。悠々自適な入院生活だったが、頭の中は死でいっぱいだった。身体の自由がきかないぶん、意識は殊更に冴えわたった。整形外科病棟の個室で、そっけないほど白くてぴんとしたシーツに横たわる。秘密の中のラブホテルも、こんな風に素知らぬふりをしたリネンだったと、懐かしくなりながら寝返りを打つ。白い布地は距離という概念をなくす。壁や床、長時間白に包まれて薬で朦朧《もうろう》としていると、あの世とこの世の分かれ目も曖昧になってしまう。

するとつけっぱなしにしていたテレビに、神様が描いた絵画のような自然が映った。人が足を踏み入れてはいけないくらいの、穢《けが》れなき様子に惹きつけられる。孔雀緑《くじゃくみどり》というのか、青と緑が混ざり合った、濁りのない湖。鬱蒼《うっそう》と茂る樹々の紅葉と、山と山を結ぶ吊り橋。

天国への架け橋だ。

その時の私にとって、小さな四角い画面はどこまでも奥深かった。手を伸ばせばずぶずぶと吸い込まれて、きっとそっちへ行ける。

手を伸ばしかけたら、あっけなく場面が変わった。

『静岡県の寸又峡《すまたきょう》をご紹介しました。夢の吊り橋と呼ばれ、橋のまんなかで恋を願えば叶うと……』

女性アナウンサーの抑揚のない語り口が、私を現実へと引き戻した。夢の吊り橋。恋愛成就。一瞬だったけれど垣間見た吊り橋には、ごくわずかな足場しかなく、そのたわみ具合で、かなりの揺れが想像できる。ここへ来る人は皆、死ぬほどの勇気をひそませて恋を願うのだ。

もし私が、死よりも大切な恋に出会ったら、その人と共に夢の吊り橋を渡りたい。心の中に閉じ込め、ひとりよがりに楽しむなんて、もうまっぴらだ。今度こそ永遠を誓い合い、ありったけの愛に満たされる。ほんのりとあたたかみのある思いが胸をよぎった。叶うなら、夫が私に残すだろう財産をすべてつぎ込む。

今度はもう、刹那的でもいいのだ。むきだしの私が、ありったけ愛せればいい。思いがけない衝動に、うろたえた。これは品のない考えで、無謀な願いだろうか。汗ばんだ手で、テレビを消した。


約一ヶ月で退院し、あとはリハビリだけとなった。久しぶりに対面した夫は、やせ細り、口の端には唾液のあぶくができて、眼球ばかりがぎらぎらと鋭くなっていた。殊更に醜悪な姿になっても夫は夫なのだ。自分に言い聞かせてみても、私の心身が夫を拒絶した。可愛らしいふたりは一生しあわせに暮らしました、というおとぎ話に亀裂が入りそうなのを、私は理性で食い止めた。女を雇ったのだ。夫が世話になっていた『なごみの手』で、アルバイトしていた柳瑠衣である。下の世話ならぬ下半身の世話を内密でこなすよう、それ相応の金銭をちらつかせると、一も二もなく承諾した。瑠衣はいま二十四歳。当時はさらに若く、顔も身体も精巧な人形のようだったが、量産されるだけで語り継がれない安っぽさで、実際、人工的な要素がほとんどだった。何の情緒もなく、女というエキスだけを振りまく瑠衣を私は侮蔑していた。他人《ひと》の夫を手玉に取っているという傲慢さもあからさまで、夫はたちまち骨抜きにされた。

「一成ちゃーん、オムツ替えまちゅよー」

猫なで声の瑠衣が夫を意のままに操るのを、一度だけ覗き見した。シリコンだか生理食塩水だかの詰まった豊満な乳房に、夫がむしゃぶりつく。ドアをしめ、下劣な世界を封印した。惑乱した夫は私にとって、人ですらないのだ。耳をふさぎながらも、まだどこかで、かつての夫をよすがにしていた。時がくれば霧が晴れるように、元に戻るのだと。

余命を告げられ、臨終間近となって、夫と私は部屋でふたりきりになった。夫の手は私の手にからみつき、あたかもプロポーズの再現のように、可愛いふたりとなって、私達はどちらともなく吐息まじりに唇をよせた。

死がふたりを分かつまで。二十九歳と二十四歳で誓い合ったあの頃のように、夫の瞳には私、極上の女としての私しか映っていない。

死がふたりを分かつまで。

「るいたん」

夫は私の耳元でささやいた。何度も何度も。凡庸でしかつめらしいけれど純朴に私を崇めていた顔で、まるで「結婚してください」と懇願するように。

「るいたん」と、身悶えながら言い続けたのだ。

可愛らしいのは私だけだったと、おとぎ話に踊らされていたのは私ひとりだったと、やっと理解した。私の股間から、あたたかい液体が流れた。涙ではなく、汚臭ただよう液体である。夫も、出口のない欲望をためこんでいたのだろうか。認知症をきっかけにたがはずれ、一気に露呈したとしたら、夫にとってそれは家庭や私より大切だったのかもしれない。

夫にも、娘にも見捨てられた、私の人生はなんだったのだろう。

呆けた夫を放置し、バスルームへ向かう。洗面台の鏡に映った私の顔は、死人のようだった。美しいはずが美しくもなく、かといっておぞましくもない。まるで抜け殻だ。

何気なく手にしていたスマートフォンを、鏡に投げつけた。死人の私は無残に粉砕し、本当に死んだ。床に落下したスマートフォンで、私は生まれて初めて自撮りをした。数秒前の私よりもずっと生きていて、目は血走り、髪は乱れ、眉間にしわもよっていたけれど、なぜだか誇らしい私だった。出口のない欲望が、少しずつ蒸発した瞬間である。私はひとり、高らかに笑った。尿が染みついた衣類を洗濯機に放り込み、シャワーを浴び、まっさらな服に着替える。散らばった鏡の欠片を片づけ、庭まで急ぐ。まばゆい夏の陽、咲き狂う私の薔薇達。

花蕊を見ても、もう嘔吐はしない。下半身の機能は万全ではなく、下着には常に尿もれパッドを敷かなければならないとしても。ボレロを切り落とすなど、やつあたりはしない。

可愛らしい私と、夫とは今日で決別した。本当の私は欲深く、グロテスクで生々しい。切羽詰まっている。それがむきだしの、生来の美しさだ。

このまま本当に死んでしまいたいと、切に願った。あのような醜態をさらすくらいなら、今、覚醒したまま死にたい。

私はお財布だけを携え、薄手のカーディガンも羽織らず外に飛び出した。足元の濃い影を追うように、私は走った。骨が軋み、股関節から全身がばらばらになりそうになる。私は、サンダル履きのままだった。

大通りでタクシーをつかまえ、郡山、とだけ告げた。運転手が怪訝な表情を向けたので、

「東京駅」

と言いかえた。新幹線で東京駅から郡山駅まで二時間もかからない。

「お客さん、大丈夫ですか」

バックミラーに映った私は青ざめ、焦点の合わない目をしていた。襟元がはだけ、首筋から鎖骨までは蠟のように白い。

「ええ、生きているわ」

手短にこたえ、シートの上でこぶしを握りしめた。

東京駅からすぐさま新幹線に乗車した。目指すは福島県の安達太良山《あだたらやま》だ。足腰の不安よりも、たぎる熱情が勝った。目的はドクウツギ採集である。せっかく準備した登山用の服も道具も置いてきてしまった。私は、私しか持っていない。車窓は目まぐるしく様変わりしていくのに、私にはただ運ばれていく感覚しかない。

郡山駅に降り立ち、あとは再びタクシーに任せた。行先を告げ、シートに深く沈む。自分の世界にこもるように。

沼尻登山口で下ろしてもらうと、運転手は「もう遅いですよ」と念押しする。無視して乗車賃を渡し、歩きはじめた。

日が陰り、気温が下がってきた。山のことゆえ、混じりけのない空気は都会よりも清澄で濃い。家を出奔して数時間、とてつもなく遠くに来たみたいだ。登山らしからぬ様相で、手荷物もない女がひとり。普通なら、誰かに咎められてもおかしくはないのに、皆、私に近づかない。もしかしたらすでに、私はここにいないのだろうか。

人目を避け、脇道へそれた。手入れされていない山肌は、たちまち猛々《たけだけ》しくなる。天を仰ぐように伸びた樹々、緑したたる葉や葉に群がる虫たち。たかだかガーデニングやにわか仕込みの登山で、自然を把握したつもりになっていた私は、なんて愚かだったのだろう。私は本当の野生にふれていなかった。地面を踏みしめていなかった。やわらかくてあたたかく、厳しい。土だけではなく、水も光も風も。

私は今、美しく死ぬために生きている。深呼吸をするたび、煩わしいことが抜けていく。目をつむるとまるで透明になったようで、私は私という輪郭すらなくした。生と死は表裏一体なのだ。

目をあけたら、男がいた。頭の天辺《てっぺん》まで俗世間に浸かりながら、未だもがいているような、若さがこびりついている。赤い実が鈴なりになった枝を手に、まるで生気のないまなざしを向けた。

夢かもしれない、と思った。だからかえって、大胆になれた。

「それは、ドクウツギね」

私は言った。本物のドクウツギなど見たことはないが、確信していた。

「よく知ってますね」

彼もまた、平静にこたえた。速乾性もなく伸縮性も悪いジーンズにくたびれたスニーカー。登山に慣れていないのは一目瞭然で、かえって目的があぶりだしになっている。彼は、登山がしたいのではないのだ。

夕間暮れ、真朱《しんしゅ》色の日差しがまとわりつく。目をとじなくても、お互いの輪郭が消えて景色に溶けていくようだった。

「私、探していたのよ。ずっと」

「俺もです」

めまいがした。もう、私は死んでしまったのだろうか。次元を超えてしまったような、浮ついた幸福感に包まれる。

「お願い。少しだけ分けてくださらない？　よかったら、あの、お金をお支払いしてもいいの」

私は、ドクウツギではなく、彼の手にふれていた。あたたかい、生きている手。さらに私の手は彼以上に熱く、奇跡のように躍動しているのだ。

「お金？」

「ええ」

みずみずしいドクウツギが陰りを帯びる。夕闇が彼をさらっていく。

「高いよ」

「いいわ。いくらかしら」

「毒を金で売ったら、殺人者だ」

肩をすくめて笑う。一瞬、目に生気が宿った。

「いいのよ、べつに」

「あなたは、ここで死ぬつもり？」

いいえ、と私は首を振りつつ、自分の身なりに驚愕した。ふくらはぎは泥にまみれ、サンダル履きの素足には生傷さえある。

死ぬために来たとしてもおかしくない。事実、終わらせてもいいと思ったのではなかったか。

「いいえ。いつでも美しく死ねるように、採りにきたのよ」

私は手で顔を隠した。ばかみたいだ。死の話をしているのに、私はしわを気にしている。

彼が無言で、枝を半分に折った。一本を、私に差し出す。

「あげる」

「お礼をしなきゃ。ねえ、お礼をさせて。連絡先をおしえてくれないかしら」

「ＬＩＮＥとか？」

およそこの場にそぐわない言葉だった。彼が笑い、私の胸が高鳴る。年甲斐もないと恥じながらも、止まらない。現実は刺すように残酷だ。夢だった赤い実を握りしめ、私はうつむく。

彼が携えていた頭陀袋を探り、一枚の紙片を掲げる。

「こんなものしかないけど」

名刺だった。山は暗黒となり、彼も私も魂だけになってしまったように、姿が曖昧だった。実際、どのように下山したのか、記憶にないのだ。ただ山で彼と出会い、別れた。ドクウツギと名刺、それが私の生き甲斐となった。


数日後、夫は死んだ。忌中だというのに、祝福するように雲の峰が青空を席巻していた。葬儀の間中、私のささやかな涙は悲しみの象徴のごとく、愁いを帯びていただろう。たくさんの人が弔問に来てくれたけれど、私は喪主を務めただけで、雑事はすべて珠美子が取り仕切った。私はただ、ハンカチで目頭を押さえていればよかった。時々、夫の遺影にちらりと視線を移すだけで、人々が嘆息する。未亡人とはいえ六十代も半ばだし、めずらしくもなんともないのに、私に限っては依然として艶めいていたのだろう。

瑠衣がやってきた。夫の素肌をくすぐっただろう長い髪は下ろしっぱなしで、びっしり生えたまつげは昆虫の脚のように卑しい。どぎつい色で塗られた爪を重ねて、形式的にお辞儀をする。

「『なごみの手』を代表して来ました。この度はとんだことで」

この度はとんだことで。私のこめかみが痙攣《けいれん》した。この女にとって夫の死は、おざなりな一言で集約される出来事なのだ。夫が、今わの際で求めた女。うつむいて、怒りと、怒りのあまりにこみあげてくる笑いを押しとどめる。

「ええ、この度はとんだことで」

身体を固くしたままおうむ返しに言うと、瑠衣が不審そうに髪を揺らした。

「園枝さん、大丈夫ですか」

「大丈夫よ。ちょっと尿がもれそうだったの」

間が抜けたように口をあけた瑠衣を、私は極上の笑顔でやり込めた。

「ばかね。冗談に決まっているでしょう」

あらゆる水分が、憤怒によって消滅した。もう笑うしかないのだ。うまい具合に肩が震えたので、僾さが先に立っただろう。瑠衣が背を向け、珠美子が弔問客の相手をしている隙に、私は自撮りをした。黒の喪服で悲しさを表現している私。昔は白の喪服が主流だったというが、意味合いは「二夫に見《まみ》えず」または「夫以外の人には染まらない」である。黒を着た私は、もはや夫を塗りつぶしたという趣旨だろうか。ホームボタンを何度も押すうち、出口を探していた欲望が私の毛穴から漏れていく。空恐ろしいような目で、私が私を見つめている。


ドクウツギを二週間天日干しし、ドライフルーツが完成した頃、私は彼に連絡をした。純粋に、お礼がしたかったのだ。今となっては、彼が実在したかすら定かではない。

たどたどしく、スマートフォンを操る。

『はい』

「ドクウツギは、元気かしら」

まるで暗号だ。あまりの羞恥に口を噤んでいたら、

『山の神様だ。あ、女神様かな』

先に彼が笑ってくれた。胸が詰まって、泣きそうになる。年甲斐もなく。

「私のこと？」

『うん』

そうよ、とも、違うわ、とも言えない。私は泣いていた。死の淵を一緒にのぞいてしまったような、危うい時間を共有した彼。一瞬だったのに、生々しく記憶に残る。

「ドクウツギは、どうしたかしら。私は、未熟のままドライフルーツにしたわ」

『マジ？　ドライフルーツか、思いつかなかった。俺のは萎《しな》びちゃったよ』

「じゃあ、分けてあげるわ」

『いいの？』

「もちろん。もともとはあなたのものじゃない」

『じゃあ、俺、行くよ』

名刺の住所は、東京都新宿区だ。勤務先だろうが、彼の自宅もそう遠くないだろう。

「そうね。住所を言うわ。いい？」

リビングのソファに身体をうずめ、歌うように住所を言った。仏壇で、しかつめらしい顔をした夫の遺影に笑いかけた。スマートフォンの向こう側から、ざわめきが聞こえる。仕事中だろうか。彼は確かに、生きているのだ。

『近々行く。あ、名前おしえて』

ナンパみたいだ。胸の奥がくすぐったくなる。まったくもって、年甲斐もない。

「園枝よ」

自分の頬からうなじ、下腹へと手をすべらせる。体温が、少し上がった。


秋口に、夫の四十九日も済んだ。私は不要となった登山グッズと、夫の息がかかったものを処分した。夫婦で使用していた家具や家電、数知れない私のエプロンなど、妻だった私の痕跡をも消し去った。面倒な作業は『なごみの手』のホームヘルパーに依頼した。夫婦で懇意にしていた縁で、利用させてもらったのだ。私は要支援1で日常生活にさして不自由はないのだが、事情を把握してもらっている分、気楽だった。

そうして涼やかな朝に、ゴミ出しを終え、朝食の支度ついでに夫へ手を合わせる。リビングに設えた、仰々しい仏壇だ。

あの世でどうか安らかに、夫が女遊びに興じていますように。

スマートフォンをインカメラにし、今朝の私と向き合う。ここにはいない夫の前で、夫の前にはいなかった私が画面の中で狡猾にほころぶ。

庭先で物音がしたので、宅配便かと玄関をあけてみれば、門の前で彼が倒れていた。頭陀袋が傍らで転がっている。

「どうしたの。大丈夫」

慌てて駆けより、彼をゆさぶった。地面についた彼の片頬は、驚くほど白い。顔をそっと近づけたら、前髪に半分隠されたまぶたがふるえた。めまいがした。日差しのせいではない。心ごと全部、素手でかき回されたようだった。

薔薇の芳香が、塀を飛び越える。彼の汗と混ざり合い、甘い匂いに生々しい臭気が加わった。私は、肉にむしゃぶりつくみたいにして、彼のわきに鼻をこすりつけた。

通りすがりの人が、不審そうにこちらをうかがう。

「しっかりして。立てる？　つかまって」

彼を抱きかかえようとしたが無駄で、私のほうが膝をついてしまった。行きがかり上、彼のわきにまた、顔をうずめてしまう。即座に離れ、髪を整えた。

「……すいません」

うつろな目をして、彼が半身を起こした。

「いいのよ。それより中に入って。少し休むといいわ」

顎で家を示す。私の手だけが、羞恥もなく彼にくっついている。

「ありがとうございます」

額や首筋は汗ばんでいるのに、彼の唇は乾いていてさみしそうだった。

「今日は、また暑くなるのかしら」

とっさに私も、自分の唇に指を添えてみる。やはり乾いていて、そこだけ、うすら寒いのだった。

「具合はどう？　貧血かしら」

椅子に腰かけた彼は未だ顔面蒼白で、所在無げに視線をさまよわせている。

「いえ、腹が減りすぎただけです。たぶん」

「それならよかったわ。ちょうど、朝食の支度をしていたの。たくさん食べてね」

ダイニングテーブルに、箸置きと箸を並べた。久しぶりの、二膳分。

今朝のメニューは、鮭の塩焼きと切り干し大根の卵焼き、それに茄子の甘辛炒めときゅうりの浅漬けだ。味噌汁の具はみょうがと油揚げ、ごはんは五穀米にした。正しい食生活が、正しい女を作ると信じている。でも正しい女が、必ずしも男を正すとは限らない。

「全部、手作りですか」

「ええ」

「……すごい」

「あなたのお母様だって、きっとすごかったでしょう」

彼の目がたちまち色を失ったので、私はいったん席をはずした。

「先に食べていてね」

リビングから庭に降り、彼の視界に入る位置で薔薇を摘む。気に入りのボレロではなく、赤のグランデアモーレにした。二輪切ったところで、薔薇を摘むという隠語を思い出した。込み上げてきた笑いを押し込め、キッチンに戻り、花瓶に薔薇を生ける。

彼は律儀に、待っていた。

「食べましょう。お腹がすいているんでしょう」

「それ、りんご飴に似てる」

忌々し気につぶやいたけれど、邪さはなかった。

「この薔薇が？」

彼は神妙に、私がいた庭を見渡す。

「うん」

「りんご飴が好きなの？」

「べつに」

つまらなそうに、鼻を鳴らす。彼はどんな生い立ちなのだろう。

「いただきましょう」

空腹なのは私のほうだ。ダイニングテーブルに花瓶を置く仕草で、顔を隠す。忙しなく箸を動かす雪仁を、薔薇の隙間から覗き見した。

「お味はどうかしら」

「……おいしいです。すごい」

「さっきから、すごい、ばかりね」

「食べないんですか」

「母親は、子供がうれしそうに食べるのを見るだけで、お腹がいっぱいになってしまうの」

彼の箸が止まる。みょうがが味噌汁に落下した。

「母親？」

あなたが？　と彼は箸を皿に投げ出した。

「そうね。ごめんなさい。あなたのお母様は、家族は、あなただけのものね」

「別に、謝らなくてもいいけど」

彼が箸を持ちなおし、きゅうりを咀嚼する。

「お仕事は、何をしているの」

「人材派遣会社で働いてます」

「そう」

私はぐずぐずと、鮭の切り身をほぐしにかかる。食欲はすっかり、彼に吸い取られてしまった。

「それ以上聞かないんですか」

「聞いてほしいなら聞くけど。私は、あなたにもう一度会えたから、いいのよ。ほかのことは」

「表向きは普通の人材派遣会社なんですけど、実態はけっこうアコギというか。式典なんかの穴埋め要員を派遣したり、偽の恋人や婚約者を演じたり、高い金額を取ってそういうことをやっている会社です。偽の家族も、案外需要があるんですよ」

薔薇を摘むという隠語は、処女または童貞を奪うことだ。私は二輪の薔薇越しに、彼を見つめた。

童貞という、歳ではないわ。

「雪仁君、って呼んでいいかしら」

「何とも思わないんですか。俺、うさんくさいですよね」

「だったら、私も十分うさんくさいわ。山でひとり、ドクウツギを探していたのよ」

お互い、腹の奥底を覗き込んだように微笑み合うと、突如、雪仁が口を押さえた。キッチンまで小走りし、シンクで前屈みになる。慌てて追いかけ、雪仁の背中をさすった。

「大丈夫?」

「……すいません。全部、おいしかったんですけど」

私は蛇口をひねり、吐瀉物を洗い流した。

おいしい食べものでも、あなたのお腹は満たされないのね。

なじる代わりに、水をそそいだグラスを雪仁に差し出す。雪仁が座っていた椅子に、頭陀袋が心細そうによりかかっている。土にまみれた、みなしごのように。

そうだ、私は彼に対して念を込めていなかったのだ。今朝もひとりで食べるはずだったのだもの。

「雪仁君、住むところは、あるの?」

手近にあったキッチンペーパーを数枚ちぎり、折りたたんで渡した。

「どうして」

女は、とは聞けなかった。

「なんとなく」

「……会社に泊まったり、知り合いのところとか」

「そう」

「うさんくさいですよね」

口元を拭ったキッチンペーパーを、雪仁からかすめ取る。

「俺、捨てますよ。ゴミ箱は」

「いいのよ」

キッチンペーパーを手の中でまるめ、ガスコンロに火をつけた。何かを捨てるという行為を、雪仁にさせたくなかったし、見せたくもなかったのだ。なぜだか。

「お茶を淹れるわ。お白湯のほうがいいかしら」

「お茶で」

雪仁を嘔吐させたのは、私が発した「母親」という言葉じゃないだろうか。

ダイニングテーブルに、緑茶を並べる。久しぶりの、ふたつ。

「ありがとう、園枝さん」

「園枝よ」

「ありがとう、園枝」

雪仁が両手で湯呑みを包み、息を吹きかける。猫舌だろうか。こっそりとキッチンペーパーを捨て、手の残り香を嗅ぐ。かつての夫の匂いと似ている。あの時は嫌悪しかなかったが、と苦笑しながら自分の手を舐めた。今、私はとても卑しい顔をしているに違いない。足取りも軽やかにリビングへ歩いた。仏壇の横に置きっぱなしだったスマートフォンで、自撮りをする。

「何してるんですか」

「雪仁君。私があなたを、雇うこともできるのかしら」

私も、おいしい食べものだけではたりない。雪仁は真顔で、緑茶を一口飲んだ。

椅子に座りなおし、私も緑茶を飲む。近々、仏壇をリビングから奥の部屋へ移動させよう。風通しが良くなるように。

翌日の夕方から、雪仁と私は共に暮らした。雪仁は、会社既定の書類を持参したが、私は一切記入しなかった。中間マージンが発生するのは意に沿わないし、私とは独自契約を結び、雪仁はここから別の仕事へ通えばいいのだ。

「いいんですか。俺、悪いヤツかもしれませんよ」

夕食の席で、雪仁が口をとがらせる。

「そんなにまっすぐ見つめないで。恥ずかしいから」

おくれ毛を耳にかけ、目を伏せた。

「ていうか、俺が悪いヤツだったらどうするんですか」

雪仁が不器用な手つきで、ナイフとフォークを操る。トンテキのガーリックソースという、わかりやすい肉料理。

悪い人が尊いもののように料理を頬張るだろうか。正しさに長けた悪い女が作ったかもしれないのに。私は静かに微笑み、つぶさに雪仁を観察した。おそらくまた、吐き出すだろう。

ややあって、雪仁が眉間にしわをよせ、トイレへ駆け込んだ。私は素早く、雪仁が肌身離さず持ち歩いている頭陀袋を探る。

スマートフォン、タブレット、名刺入れ、パスケース。財布の中に写真が忍ばせてあった。

幼い男の子と若い女性。男の子はおそらく雪仁だ。女性は母親だろうか。顔にはボールペンで幾重にもなぞられたバツ印。しなるような身ごなしが、見目麗しさをただよわせる。美しい顔ほど潰し甲斐があるけれど、付随する苦しみもまた想像に難くない。

女性の手には、りんご飴が握られている。

水を流す音がしたので、私は食器を片付け、お茶の用意をした。

「すいません。俺、手料理無理なんです。昔から、友達の母親が作ったのとかも無理で」

投げやりな物言いとは裏腹に、身体はひどく怯えている。存在をまるごとなくしてしまいたいというように、椅子の上で膝を抱える。

私はお茶と、ガラスの小瓶をダイニングテーブルに置いた。注意深く、雪仁のそばにたたずみながら。

「ドクウツギよ」

ドライフルーツにしたものを、瓶詰めにしたのだ。雪仁が身体をほどく。

「私は、美しく死ぬためにこれがほしかった。雪仁君は？」

「俺も」

「そうかしら。あなたは誰かを殺したかった。違う？」

雪仁がお茶を一口飲み、すぐさま咽せた。熱かったのだろう。背中をさすろうとしたら、振りほどかれた。

「うるさいな、ババア」

両手のこぶしで、ダイニングテーブルを叩く。振動で、ふたつの湯呑みが倒れた。それでも私は、まばたきひとつしなかった。

「お母様を殺したいの?」

「は?　なに言ってんの?」

「お母様を」

「あー、もう、うざいな」

雪仁がこぶしを打ちつけるごとに、私の下腹がざわつく。雪仁は私と再会した時、私から母親の匂いを嗅いだのかもしれない。私が一瞬でも不愉快になったのは、雪仁のありあまる母親への執着ぶりだ。おそらく母ひとり子ひとりなのだろう。じきに絶望するのに、とおしえてあげたい。絶望して、欲望が覚醒するのだと。

夫や娘を盾に封印していた欲望。女の私に、雪仁は母親への思慕を向ける。しかたない、そもそも男が望む女の原点は母親なのだ。

湯呑みが床に転げ落ち、ダイニングテーブルが水浸しになった。内出血しても痛めつけることをやめない、雪仁の両手を、私は隙をついてつかむ。胸元に引きよせ、その手に、私の鼓動を聴かせた。

「言葉よりも身体が正直ね」

顔を上げた雪仁と、写真に写っていた幼い男の子が重なる。雪仁は涙をこぼさずに、泣いていた。すべての光をなくした、洞《うろ》のような目。私の胸で、雪仁の手は抵抗したけれど、表面上だけに過ぎない。男の腕力など女の深い情の前では、てんでかたなしなのだ。大きな手が、もうすっかり従順になっている。

「……離せよ」

私の手に雪仁の手の熱が伝染した。今また、私は卑しい顔をしているだろう。死を彩る前に、絆がほしい。不確かでも、形だけでもいい、私は私を満たしたい。溺れてもいいと切望している。年甲斐もなく、私は雪仁の手を強く握りしめ、雪仁にすりより、雪仁のつむじに顎をのせた。

「離せ」

勿論私は雪仁を離さなかった。私より頑丈なくせに脆い身体と心を、守りたかった。嫌でも目についてしまう自分の腕のかさつきやわずかなしみを、湧き出る母性で上塗りした。顔を塗りつぶすほど憎んでいるくせに、雪仁は母親を捨てられないのだ。風来坊みたいななりで、偽の絆を紡ぐ仕事をしている。

雪仁の、いくらか穏やかになった吐息で、私の皮膚が湿った。

「あんた、俺とやりたいんだ」

「そうね」

「俺、高いよ」

「ええ」

「うさんくさいババアだな」

ゆるゆると身体を離すと、雪仁が笑った。目に、いくらか光が宿る。

「お茶、淹れなおすわね」

私はやっと、雪仁の手を解放した。雪仁は自分の手を、私がしていたように、胸元にあてた。

私の中で心音が響き、それはたぶん雪仁の心音と同じリズムなのだ。

「……ごはん、まだ少しあるかな」

床を拭く私の頭上から、声が降ってきた。

「ええ、あるわ」

常備菜はいつでも冷蔵庫で待機している。

雪仁は上半身裸になって、脱いだTシャツでダイニングテーブルを懸命に拭いていた。


ホームベーカリーでパンを焼くなど、何年ぶりだろう。年齢のせいか和食がしっくりきていたのだけれど、先日大慌てで材料を仕入れてきた。いつもはスマートフォンのアラームで起きている雪仁が、香ばしい匂いにつられて階下にやってくる。シルクのパジャマは私が見繕ったものだ。光沢のある薄いブルー。いやらしい映画に出てきそうだ、と雪仁は失笑しつつ袖を通した。

「園枝、おはよう」

「おはよう。素敵な髪形ね」

「やべ、寝癖激しい？」

「シャワーを浴びていらっしゃい。今日は、講演会の代理出席でしょう」

仕事で空席の穴埋めをするのだ。雪仁がバスルームにいる間、私は食卓を整える。レーズン入りのトースト、目玉焼きにさつまいものサラダ。花瓶には新しい薔薇が二輪、生けてある。

わかりやすい肉料理の後、雪仁が嘔吐しなくなってから、ひとつの季節をこえようとしている。

「え、このパン。ドライフルーツ？」

私が洗っておいたカットソーとジーンズを着て、雪仁がわざとらしく声をあげる。

「レーズンよ」

「そうか」

「私が雪仁君を殺すと思った？」

「うん」

笑って、おいしさを心底うれしそうに堪能し、平らげていく。

「雪仁君、これ」

私は、茶封筒を雪仁に渡した。中には二十万円入っている。

「これで、洋服とか、生活に必要なものを買って。たりなかったら言ってくれればいいわ」

小遣い程度はそのたびごとに渡していたが、まとまった額は初めてだった。

雪仁が、薔薇の花びらをつまんだ。指で感触を確かめるように。赤のグランデアモーレ。

「私、相場がわからなくて」

「俺もわからない」

隣の椅子にのせた頭陀袋に茶封筒をねじ込み、雪仁がしばし背中を丸めた。私は息をひそめる。薔薇の花びらが一枚散った。

雪仁は、嘔吐しない。私は食器を片付けるそぶりで、雪仁に近づき、そっと髪にふれ肩に手をすべらせた。

「そろそろ、行く」

頼りなさそうに立ち上がる雪仁を、私は抱きしめた。抱きしめてから、抱きしめたことに気づいた。意識が身体についていかない。感情よりも熱が先にきて、皮膚を突き動かす。心の中でしかやらなかったこと。秘密が秘密じゃなくなっていく。

「……うさんくさいって言わないの？」

雪仁は無言だった。

「うさんくさいババアって言わないの？　それとも、一回のハグで二十万円なのかしら」

お金でぬくもりを買う人を、今まで愚かだと見下していた。欲望を常識で塗り固めていた。

「園枝、甘いな」

頰を雪仁の胸にあてる。

「世間知らずってこと？」

「甘い味がする」

骨ばっていて、瑞々しいかたさ。少し怯んでいるけれど、微塵も拒絶していない。柔軟剤と石鹼が混ざり合った、まっさらな匂いに、煩悶《はんもん》してしまう。

棒立ちのまま、雪仁が言った。

「甘い味は嫌いだ」

母親を指しているのだろうか。

「私、あなたが好きよ」

雪仁を見上げて言った。若い男の弾むような肌が私を萎縮させたけれど、私はひるまなかった。

雪仁はさすがに、うろたえた。私の腕から逃れようとしたけれど、あくまでやわらかな抵抗だった。

「どういう意味」

「そういう意味よ」

わきあがる愛おしさを、雪仁は邪険にしない。

「雪仁君は、私の気持ちをお金で受け取ってくれればいいの。なんでもないことよ、なんでもないことでしょう。雪仁君はただ、雪仁君のまま、ここでごはんを食べて、眠って、仕事をすればいいの」

毅然とした態度を保とうとすればするほど、私の足元はおぼつかなくなり、身体の力が抜けていく。

「俺のままで？」

「そうよ」

「聖雪仁のままで、いればいいのか」

「ええ」

「それが、仕事なのか」

仕事。なんて冷たくて乾燥した言葉だろう。肯定も否定もできず、ただ雪仁の熱にゆだね、雪仁の身体に耳をよせた。彼は冷たくも乾燥してもいない。

「園枝、俺、そろそろ行かなきゃ」

「ええ」

玄関先で雪仁を送り出してから、私は真新しいノートと万年筆を開封した。パンの材料ついでに買ったものだ。私はここに、雪仁との日々を綴《つづ》ろうと誓った。

私は健康体だけれど、いつ何時、主人と同等の症状にならないとも限らない。私の記憶が粉々になって、私自身が振り返って味わえなくなっても、確かに現実だったのだと、時間を閉じ込めておけるように。

夫の介護日誌は義務として付けていたものの、日記を書くなど初めてだった。痕跡を残したいのは、誰かに、私の人生がいかに素晴らしかったかを見せびらかしたいためなのか。

夫や娘、家庭から脱皮して、ここから私らしく生きるという記録。

スマートフォンを鏡に見たてると、純粋ではない私がいた。純粋という殻を破った私を、私は撮った。

雑念を振り払うように、万年筆を走らせる。


夜毎に月が冴え、だんだんと昼間の時間が削られていく。庭の草木にも、少しずつ冬が降りてきた。雪仁が出勤した後に、私は誇らしげに日記をしたためる。まっさらな紙が黒い文字で埋め尽くされ、私は雪仁を侵食していくような錯覚に駆られた。日記というのは自己愛の燃えかすのようなものだ。隠密というふれこみなのに、どこかよそよそしく、虚構だ。ここにはきっと、本当の私はいない。いや、本当の私には違いないのだけれど。

冷蔵庫の野菜室をあけ、果実をふたつ取り出した。小鍋に砂糖を煮溶かし、耳かきひと匙ほどの食紅を入れる。

雪仁が来てから、赤ばかりだと思う。

調理を終え、一息ついた。半分ほどあけたリビングの窓から、ぬるい空気が忍び込む。人の気配に振り向くと、薔薇を背に、瑠衣がいた。

「すいません、ちょっと早く来すぎちゃいましたね」

まるで悪びれていない様子で、瑠衣が玄関に回り靴を脱ぐ。『なごみの手』に手伝いを依頼していたのだ。瑠衣が担当とは心外だった。

「べつにいいのよ」

「今日は何をすればいいですか」

「仏壇を移動してほしいの」

「一成さん、移動させちゃうんですか。ここ、日当たりいいのに」

「夫の電動ベッドがあった、奥の部屋にお願いするわ」

位牌と遺影は白い布で包んでおいた。瑠衣は髪をくくり、勝手知ったるという風に頷く。私は朝食の後片付けに取りかかる。

「さっきー、男の人いませんでしたかー」

リビングから頓狂な声が届いた。ため息をつき、お皿を洗いかごに立てかけた。

軍手をした瑠衣が、ガラスの小瓶を陽に透かしている。サイドボードにひっそりとたたずんでいた、赤い実。なんて不躾《ぶしつけ》な女だろう。

「それにさわらないで」

「きれいだなって思って。これ、何ですか」

「……乾燥させた、ベリーよ」

「さっき男の人いましたよね。ちょっとイケメンの」

話題が行き来するのもまた、癪に障る。いったいいつから、庭にいたというのだ。

「あなた、何時にうちに来たの」

「ていうか、前から見かけてましたよ。男の人が出入りするの」

「知り合いの息子さんよ」

「園枝さんの、彼氏だったりして」

怒りで目がくらむ。瑠衣は、ある意味で私の亡き夫を私よりも熟知している。金銭の授受があってこそだが、こちらが弱みを掌握されているような、妙な威圧感を覚えた。

「そんなはずないでしょう」

「ですよね。いくら何でも年齢差が。ふふ」

小さく笑う瑠衣を横目に、ソファに倒れ込む。そっと髪をほどいた。

「小瓶は、元の場所に戻して」

「でも園枝さん美人だし、アリかも」

明日はヘッドスパとエステに行こう。私はむりやり気分を高揚させ、瑠衣のくだらない好奇心をやりすごそうとした。

「それとももしかして、お金で買ってるとか」

ばかなこと言わないで。憤懣やるかたない思いが、喉元でくすぶったのはなぜだろう。

「何をばかなこと」

「私、ちっともばかなこととは思いません。愛情とか人とか、お金で買えたらいいなって、本気で思いますもん」

「若い人が考えそうなことね」

浅はかだわ、と一笑に付す。

「実際、買えると思いませんか。美だって人生だって、買えちゃうんですから」

あなたの顔のように？　この生意気な女をこらしめてやりたいのに、またもや喉元でくすぶるのだ。私は瑠衣から目をそらし、爪を指で撫でた。

「それに、一成さんは私からの嘘の愛を、本物として受け取ったはずです。園枝さんがお金で買った愛じゃないですか。でも、それってしあわせですよね」

「……そう、思うの？」

「思います」

瑠衣のまなざしには、意外にも誠意がこもっていた。

「私は……」

「もし園枝さんが、さっきの男の人をお金で買ってたとしても、私、言いませんよ。守秘義務ありますし」

「そんなはずないでしょう」

ですよねー。語尾をのばして、瑠衣がいつもの瑠衣に戻った。さっき、一瞬だけ、私は瑠衣と共犯者のような結びつきを覚えた。瑠衣は無自覚だろうし、私としても不本意なのだが。

「……少し休むから、あとはお願いするわ」

雪仁は今頃、支給された衣装を着込み、かしこまっているだろうか。結婚式で親戚縁者になりきると、あっけらかんと、けれどどこかさみし気に言っていた。

私、あなたが好きよ。思い出すと頬が熱くなった。血流が速くなって、心臓が破裂しそうになる。苦しいのに、恍惚となるのだ。手が、下腹へと動いていく。気配で、瑠衣がいないのを悟り、私は洋服の上から女性器をまさぐった。薔薇を摘む。隠語が頭をかすめる。女も、還暦を過ぎれば処女に返り咲くのかもしれない。

処女あるいは聖母。本当にばかみたいだ、と思考そのものを笑おうとしたのに、できなかった。

まどろみから覚めると、仏壇が跡形もなく消えていた。リビングの床に、カーテンの透かし模様が描かれている。もう午後になるのだろうか。手ぐしで髪を整え、半身を起こす。キッチンから甘ったるい匂いがした。

「キッチンには入らない約束よ」

カウンターの内側で瑠衣が振り向き、降参するというように両手をあげた。軍手ではなくゴム手袋を着けている。

「園枝さんったら、キレないでくださいよ。一成さんを共有した仲じゃないですか」

夫とキッチンなど、比較にもならない。男へのたくらみも、愛憎も、キッチンで女の秘密は育まれるのだ。

「何をしているの」

髪をまとめなおし、キッチンへ向かう。

「クッキーを作っていたんです」

「クッキーですって？」

料理までが、ゴムの味になりそうだ。

「知り合いの女の子にクッキーをもらったんですけど、それ見てたら私も彼氏に作ってあげたくなっちゃって」

シンクには汚れたボウルや型抜きがあり、三角コーナーにはオーブンシートや無塩バターの銀紙、卵の殻や薄力粉の袋などが捨てられている。

「うちのものを勝手に使ったのね」

「すいません、園枝さんも食べるかと思って。ちなみに知り合いの女の子って、平沼さんのお嬢さんなんです。私が世話したバイトを断りにきて、そのお詫びとかで。手作りみたいですよ」

カウンターにはヘレンドのパーティトレイがあった。バラ柄を穢すように数種類のクッキーがひしめき合う。プティットローズは気に入りのシリーズだ。食器棚の奥にしまっておいたのに。

「クッキーはたくさんあったほうが見栄えがいいですね。私はダイエット中だから、食べられないんですけど」

御託などどうでもいい。どれを誰がつくったか知らないが、一刻も早くできそこないのクッキーをどけてほしかった。

「園枝さん、いかがですか」

「私、プロの人以外の手作りは食べたくないの。手作りは、私がこのキッチンで作ったものしか認めないわ。夫の身体も、このキッチンでできていたのよ。こういう気持ち、あなたにはわかると思うけど。夫を共有した仲だもの」

「ですよね」

嫌味も通じない。天真爛漫というか何というか。多少は後ろめたそうに、いそいそと片付けをする瑠衣の、横顔から胸元を盗み見た。旬の果物のような頰に無駄のない輪郭、躍動的な肢体は、雪仁に通じる。若い人同士の交わりは、肌質が類似しているから、心がついていかなくてもたいてい上手くいく。衝動も後悔も、その処理の仕方も、きっと早くて移り気だ。年月は永遠ほどあると信じて疑わず、むしろうんざりするのだ。かつて私にもあった日々を瑠衣に重ね、私は瑠衣を羨んでいた。

玄関があき、快活な足音が響く。

「ただいま」

雪仁だった。うちに来た当初にあった憂いは、塵《ちり》ほどもない。

「園枝、おみやげ」

一見して疚《やま》しげに、ブーケをかかげた。

「どうして。普通は女性しかもらえないのよ」

「知ってる」

フォーマルスーツに頭陀袋というちぐはぐな格好で、わざと乱暴に、ブーケを差し向ける。私が花びらにふれると、横顔だけでそっと笑った。

「……おかえりなさい」

ふと雪仁が遠くに感じた。霞がかかっているようなのだ。

「誰もいらなそうだったから、黙って持ってきた」

だめじゃないの、というつぶやきは、むせかえるようなブーケの香りにかき消されてしまう。

「すぐに枯れるんじゃないかって心配で、会社によらないで戻ってきた」

清らかで風格のある、ダリアとスイートピー。新郎が乗り移ったように、雪仁は凛々しく、きらめいていた。

「そんなにすぐに、枯れないわ」

「そうか」

「花だって、摘まれてすぐには枯れたくないのよ」

しぶとく、自分の中の水を生かしたいと、この世に執着するのだ。

私は、身体を折り曲げて笑っていた。

「園枝、なんか楽しそうだな」

死に憑りつかれていたのに、私は雪仁と生きたいと願う。ばらばらだ。

後始末を終えた瑠衣が、しゃしゃり出る。

「あのー、すいません。私、もう帰っていいですか。だいぶ時間過ぎてるし」

瑠衣がしなをつくり、含み笑いをする。整形の分際で、と私の胸中がどす黒くなった。

「あ、お客さんだったんですね」

ようやっと、雪仁が瑠衣の存在に気づいた。よろこび勇んでいたのをうやむやにするように、姿勢を正し、ブーケを後ろ手に隠す。

「お皿はしまってくれたのかしら」

大人気ないと恥じ入りつつも、私は瑠衣をあしらった。高ぶる神経をなだめようと、心の中で呼吸を数えた。

雪仁の爪先が、瑠衣の方を向いている。

「はーい。やっちゃいまーす」

あまつさえ鼻歌を歌う瑠衣に、ぎこちなく会釈をする雪仁。私は手をこすり合わせた。明日はヘッドスパとエステだ。ネイルのケアもしてもらおうか。外側からも水を与えないと、とてもたりない。

「園枝さん、サインお願いします」

瑠衣に差し出されたタブレットに、必要事項を入力する。勤務時間、勤務態度。概ね高評価だ。夫とキッチンを、共有した仲だもの。

ソノエサンノ、カレシダッタリシテ。

タブレットを瑠衣に返し、雪仁が後ろへ隠したままの、ブーケに手をやる。

「雪仁君、いつまでも隠したりしないで」

「あ、うん」

私への贈り物は、隠さなければならないのだろうか。無論、雪仁は屈託がない。ブーケを受け取るさい、私はわざと雪仁の指に指をからめた。

女の魅力は若さと対になるとは限らない。私自身が体現してきたのに、私は瑠衣に、はちきれそうな若さに、どうしようもなく打ちのめされている。雪仁の視線の行方ひとつに、惑わされてしまう。

「園枝、あとひとつ、おみやげがあるんだ」

私の耳元でつぶやく。私の産毛が逆立つ。

「じゃあ私、帰りますね。あ、ゴム手は持ち帰りますので」

瑠衣が、仏壇が居座っていた寒々しい床を、ダストクロスで一拭きし、去っていく。

私は三角コーナーで山になった瑠衣の手垢がついたあれこれを、ゴミ箱へすべて捨てた。


ダリアとスイートピーを、私の寝室と雪仁の寝室へと分けて生けた。キッチンの引き出しにしまったノートを、ベッドマットの下に隠す。

夫が亡くなり家具を新調した時、私はセミダブルベッドを選んだのだ。ひとりで悠々と眠ってみたかったのが理由だけれど、いざ寝てみたら果てしなく広く、心許なかった。

日が陰りはじめている。夕食は何にしよう。結婚式で雪仁はご馳走を食べてきただろうから、あっさりしたものにしよう。でも男の人だし、仕事をこなしてきたのだから、精がつくものがいいだろうか。牛肉のオイスターソース炒め、鶏肉の黒酢照り焼き。わかりやすい肉料理。

雪仁はシャワーを浴びている。私の頭が、お肉を解凍するよう命令しているのに、足が言うことをきかない。心の中を、瑠衣の肌や肢体が占拠し、かき乱す。年甲斐もない、と笑って、たしなめてみたけれど、なぜだか胸が張り裂けそうになるのだ。

「さっきの人、誰」

いつのまに背後にいたのか、雪仁がたずねる。ぬれた髪をうしろに流し、額を全開にしていた。下半身だけパジャマをはき、バスタオルを肩にかけている。手にはパジャマのシャツ。なんて無防備なのだろう。

「夫の元愛人よ」

私は言い捨てた。仏壇があった壁際にしゃがみこむ。アルコールで拭き清めても、お線香の残り香は消えない。

「え……」

雪仁は、大げさに眉をつり上げた。雪仁はまだ、愛情は高尚なものだと信じているのだろうか。バスタオルで無造作に髪を拭く、手が止まった。

「ううん、違うのよ。彼女は夫のヘルパーだった人で、今日は仏壇の移動を頼んだの」

雪仁に向けた顔をほころばせながら、私はつい、爪を噛んだ。

「それ、嘘だ」

低い声で、バスタオルを取る。乱れ髪と真顔で、なおも言う。

「旦那さんの愛人っていうのが、本当だ」

「……そうよ」

「園枝。旦那さんとうまくいってなかったのか」

うまくいっているという、嘘を、私は自分についていていた。人肌の息吹でできた嘘を、私は私についていていたのだ。年季の入った嘘には、それなりの威力があったけれど、私の中に湧く本音という水は、涸れなかった。

「可愛いこと聞くのね」

よそ事のようにこたえたら、雪仁が私の身代わりみたいに、顔をこわばらせたのだ。憤ってみせていながら、目には悲哀をにじませる。甘いのは、雪仁のほうだ。

「お互い様よ。私も適当に遊んだから」

心の中でひとり遊んだ。夫や他の誰かを、なりふりかまわず求めた記憶があればよかった。夫に庇護され、愛されているのが最上級の幸せだと信じていた。それなのにいつしか夫は単なる男になって、私を人生から排除した。

「いいところの奥さん面《づら》して、陰で男と遊んだんだ。なんだよ、結局、女なんてみんな同じなんだ」

落胆したように、雪仁が膝を折る。女に対する認識が偏りすぎていて、たまらず私は嘲笑った。啞然としている雪仁をよそに、冷蔵庫をあける。

「雪仁君、あなたのために作ったの」

昼間、調理して冷やしておいたりんご飴だ。串を雪仁に持たせようとしたら、手で振り払われた。床に転がったりんご飴の串を抜き、手でまるごとつかんだ。

「あなたは、私にお母様を重ねていたんでしょう」

真っ赤なそれを、雪仁の口に押しつける。

「食べなさい。全部、食べつくすの」

私の勢いに気おされて、雪仁が床に尻もちをついた。私は雪仁にまたがり、

「食べて」

なおも迫った。私のいったいどこから、こんな力がわいてくるのだろう。やがて観念したように雪仁が一口かじり、私を突き飛ばした。

身体を起し、私も雪仁にならってかじってみる。赤くて甘く、いたいけな味。

唇を食紅で染め、顎や首筋を飴でてらてら光らせた雪仁は、微動だにせず目だけで威嚇している。よるべない身の上で生きてきた、小動物だ。

いつだったか雪仁は、ダイニングテーブルにこぶしを叩きつけていた。あの時、雪仁は涙をこぼさず泣いていた。

「私、あなたのお母様でもいいわ」

私には、心底人を愛した経験がない。

男の人に好かれて、自己満足に浸って、それで終わり。自分を忘れてしまいたいほど夢中になるのが、なぜ、今なのだろう。熟した女の体面を保ちたいのに、できない。

雪仁が私を押し倒す。セックスするためじゃない。苛立ちをぶつけるだけだ。悲しさより怒りのほうがいくらかましで、不憫な境遇を認めずにすむ。

「私、あなたのお母様でもいい」

私、あなたが好きよ。女として言いたかったなんて、傲慢もはなはだしい。かりそめの母性を含めて、私は私という女で、求められるならどんな形でも本望だ。

雪仁が私の首に手をかけた。雪仁の全体重が私の首に集められ、体温が私に流れ込んでくる。痛くて、苦しいのに、私はうれしくてたまらない。雪仁は私だけに、全部の感情をそそいでいる。

私は雪仁の頬を撫でた。赤く腫れた手に、卵形に切りそろえた爪。清楚なピンクのマニキュアが、急に薄っぺらに思えた。

「……ごめん」

荒い息づかいで、雪仁が頭を垂れる。髪から水滴がこぼれた。力をゆるめても、雪仁の手は私の首から離れない。汗と熱がまだ冷めず、皮膚が密着したままなのだ。困惑する雪仁をよそに、私は悶えるほどうれしくなった。

「ごめん、俺……」

やっと離れた手で、私の首を、うっすらとついたであろう跡をさすった。指がふるえている。

「私と、……一緒に寝てくれる？」

年甲斐もなく、と唇を噛みながら、歳ってなんなの、とやぶれかぶれに思う。

「え」

惑う雪仁の目をとらえながら、私は半身を起こした。

「一緒に寝て。やりたいって意味よ。お金ならあげるわ」

「さっき、母親って言ったくせに」

「あなたがそれを望んだから」

雪仁に背を向け、りんご飴を冷蔵庫に戻す。手を洗い、雪仁のバスタオルを奪った。こういうのは勢いが大事だと、私の身体がおしえてくれる。

「母親だと思って、憎んだっていい。私はそれも受け止める。一回でいいの。いくらでも払うわ。百万？　二百万？　ううん、全財産あげてもいい」

人肌の、あたたかい嘘をついてくれればいいのだ。本気で、私のために嘘をついてくれればいい。私は勝手に、雪仁の本音だと信じる。

「全財産、って……」

「私にはもう、お金しか与えるものがないの」

私にはすでに生殖機能がないのに、命を生み出す源みたいなものに突き動かされている気さえした。どうしてもこの人が欲しいという迫力に圧《お》されてか、雪仁はむきだしのまま、どこにも行けないでいる。湯上りでまだ紅潮している頬も、頼りないけれど瑞々しい胸も、私を拒絶しない。好ましい男の裸は、女の心を裸にしてしまう。

「だから、買えるなら買いたいのよ。そんなにおかしいことかしら。最後に、絆みたいなものを買えたら、って望むのが」

おかしいとか、ばからしいとか、自分を悔恨できる若さがあったら、駄々をこねたりしない。

「命がけで、買いたいのよ」

私を丸ごとあげるだけでは、たりないのだ。

「無理」

雪仁はきっぱりと言い放った。無理。私は、力なくバスタオルを、雪仁に押しつけた。

「……そうよね」

ごめんなさい、冗談なの。熟しきった女の、余裕あるごまかしも、浮かんでは消滅した。大粒の涙しかこぼれてこない。

「……ごめんなさい」

「園枝。俺、園枝相手に嘘は無理だよ」

「いいの」

唐突な泣き顔が麗しいのは若い時だけだ。歳を重ねた女は、泣き顔も計算しなくてはならない。けれど私は、とうに壊れてしまった。

冗談なの。そんな軽口すら、言いたくなかったのだ。

「でも俺、がんばってみてもいい」

羞恥をまき散らすように、バスタオルで髪を拭く。やけくそで言ったのではないのか。

「がんばってみてもいいよ」

バスタオルを頭にのせたまま、幽霊みたいにうなだれ顔を隠している。私はそっとバスタオルをめくり、雪仁の胸に耳をよせる。

「本当に？」

「がんばってみてもいいなんて、失礼……」

雪仁の思考を堰き止めるように、唇をふさいだ。背中を引っかく勢いで、手を回す。後悔させたくないし、したくもないのだ。

「来て」

「待って、パジャマ」

と、くしゃりと丸まったパジャマのシャツを見やる。

「いいじゃないの。どうせ脱ぐのよ」

「でもこれ、いやらしい映画に出てくるみたいなやつだし」

「じゃあ、私が着るわ」

雪仁の頭にバスタオルをかけなおし、私は素早く服を脱いだ。同年代の女よりボディラインの崩れはないと自負しているけれど、夫を虜にした瑠衣の残像が脳裏に刻まれている。

ブラをはずそうとしたら、雪仁がバスタオルをはずしていた。

「いやだ、見ないで」

「いいじゃん、どうせ見るんだし」

笑って、パジャマを私に羽織らせた。シルクの薄いブルー。上を私が、下を雪仁が着ている。心をさらけ出してしまえば、あとは大胆になれた。私は雪仁を自室まで連れて行く。セミダブルのベッドが黄昏《たそがれ》色に染まっている。私はすかさずカーテンを引いた。

「ごめんなさい。明るくするのは……」

言う間もなく、雪仁が私を組み敷いた。パジャマがはだけて、上半身があらわになる。恥ずかしくて顔を覆いたいのに、私の手は勝手に雪仁の顔を包む。まだ少し湿り気のある皮膚。雪仁が私の指にキスをした。

「もうひとつのおみやげ。マニキュアなんだ。園枝、手がすごくきれいだから、絶対に似合うと思う」

「何色」

「赤」

きっと、ドクウツギと同じ赤だ。グランデアモーレでもりんご飴でもなく、ドクウツギの赤。雪仁が私の唇を吸った。私も負けじと強く吸う。心の速度よりも身体が速くて、驚くばかりだ。私の細胞が、髪の毛一本に至るまで雪仁を欲している。

雪仁の指が私の胸を、迷子のようにたどたどしく這う。先端にふれられた時、私はすぐに応えて身体をくねらせた。あられもない反応を封じるように、雪仁が噛みつく。ひりつくように痛んだが、私は歯を喰いしばった。雪仁が私の胸に突っ伏して、泣いていたからだ。

「……女の人が憎い？」

「わからない。憎いと思ったら、余計にさみしくなる」

「そう」

私の乳首にうっすらと、血がにじんでいた。私は雪仁の上になり、頬から首筋に伝う涙を舌ですくった。鎖骨のくぼみや脇の下まで、舌先をかたくしてくすぐる。雪仁の強張った身体を、両手でさすっていく。頃合いを見て、下半身に手を伸ばした。

「でも俺、園枝のことは好きなんだ」

喘ぎながら言った。すかさず私は、それを口いっぱいに頬張った。私の中で純真な愛おしさが芽生える。瞬く間に私は粗野になった。雪仁と出会った山で、猛々しい自然に魅了された時のように。以心伝心だろうか、雪仁のものも、野生の生き物のように脈打った。

唇を離したら、たちまち押し倒された。私のそこは、私の意識だけでぬれていた。雪仁は難なく指を滑り込ませつつ、慎重にまさぐった。

部屋中に仄暗《ほのぐら》さが充満し、海の底にいるようだった。溺れている。死んでもいい。美しく死なせてくれればよかった。美しく殺してくれれば、それでよかったのだ。

「もう、いいわ。もう十分」

雪仁の頭を掻き抱く。

「ありがとう」

全身全霊でほしくて、同じくらい守りたかった。雪仁に私の鼓動を聞かせる。やがて私の胸元が湿った。

泣いているのだろうか。

ベッドサイドチェストにはダリアとスイートピー。花嫁が放った、ブーケのお裾分けだ。薔薇を摘む。処女または童貞を奪う。女を憎んでいた雪仁もまた、ある意味で初めての体験ではないのか。私に本気で挑み、私を、好きだと言った。

「……雪仁君」

私は腕の力を弱め、チェストの引き出しをあけた。中には、花柄のフリーザーバッグがある。

「これ」

「ドクウツギよ。約束どおり、半分」

雪仁の胸に押しつける。

「これをあげてしまえば、終わると思ってた」

終わってしまうと思っていた。

雪仁が指でまぶたを拭う。

「いいのかな。もう、いらない気がする」

「いらない？」

「殺したいとか、もういいや。ほしい人しかいない」

ほしい人。

「ていうか、ここにいるけど」

ドクウツギを狭間に、私をぎゅっと抱きしめた。

もう、十分だ。

「雪仁君。誕生日はいつ？」

「一九九五年二月二十一日。何、いきなり」

「来年まで一緒にいたいと思って」

来年まで一緒に、いられるかしら。

吐息まじりに言う。私の子宮が熱くなる。

「来年なんてすぐだろ。もっと先までだよ」

雪仁が、眠りにおちた。


時を刻むような音がまぶたに降りてくる。薄目をあけると、雪仁が私の顔にスマートフォンを向けていた。

「……何を撮っているの」

「園枝の寝顔」

仄暗い部屋に、フラッシュが光る。しわが、とか、くすみが、とか、私の理性がためらったけれど、身体のほうはすっかり雪仁に従順になっていた。

「私のスマホでも、お願い」

「勿論」

雪仁に私のスマートフォンを託す。私は、私の最高の顔を、残したかった。愛しい人の目に映る、愛しい私。しわもくすみも、きっと消えてしまう。

「雪仁君」

「きれいだよ」

「私、あなたと行きたいところがあるの」

時をやわらかに、残酷に刻むような、シャッター音にまぎれたのだろう。

「え？」

シーツを足にからませながら、雪仁が聞き返す。

「ベッドの下に秘密があるの、って言ったの」

私が笑ったら、雪仁も悪戯っぽく笑った。あまつさえ、ベッドマットに指を滑り込ませようとする。

「だめよ、秘密は、私がいなくなってから見つけて」

「いなくなるとか、やめろよ」

「雪仁君だけにおしえたのよ。私はあなたを選んだの」

遺言めいたことを、私は口走っていた。そう、笑い飛ばすように、最後の願いを託していたのだ。雪仁はわざとらしく口を尖らせ、私の下腹に顔をうずめた。

◆

これが、昨日までのあらましである。

私が食べたのはドクウツギなのだろうか。ではなぜ瑠衣が持っていたのだ。違う、クッキーは瑠衣が作ったものと、もうひとつ。

瑠衣は誰かにクッキーをもらったと言っていた。それを見ていたら自分も作りたくなったと。もうひとつは、光世の子が作ったクッキーだ。では光世が、ドクウツギを盗んでいったというのか。

俗世が曖昧になっていくまどろみの中で、憤りは生まれてこなかった。最高のセックスの後で死ぬのは、私の最大の夢ではないか。もともと、夫を看取った後の願いは、美しく死ぬことだったのだから。

私はテーブルにかじりつき、ノートをめくる。手が痙攣するのをこらえて、万年筆を握った。乱雑な字を書くわけにはいかない。最後まで私が納得しうる、私でなくてはならない。たとえ今、生身の私が醜くてあさましくて、無様だとしても。

私はただ、雪仁の記憶に残りたいだけだ。本当の私が生きた証。自己愛の燃えかすでも、火傷させることはできるだろう。

腰を屈め、よろけながらシンクまでたどり着く。あてずっぽうに手を伸ばしたら、お皿ごと床に落としてしまった。リビングの窓を振り返り、傍観者がいないのを確認してから、おもむろにクッキーをむさぼる。最後に、ガラスの小瓶をきれいに拭い、中身をすべて口に入れた。

一連の動作は、完璧だったはずだ。

這いつくばって、ソファに身を投げる。テーブルにあったスマートフォンを握りしめ、ホームボタンをタップした。画面に映った私は、今にも粉々になりそうだった。指で突いたら割れてしまうだろう、薄氷のような私である。危なっかしく油断がならない。

純粋な欲で、絆を得た。私にとって、雪仁にとって、嘘とか本音とか、どうでもよかった。醜くて美しい、本当の顔を私は知りたかった。納得のいく顔で、死んでいきたかった。おとぎ話のように白々しい顔など、いらないのだ。

手を、陽にかざした。

卵形の爪に、清楚なピンク。こんなのは今の私には似つかわしくない。

マニキュア、ぬりなおさなきゃ。

そういえば昨日、雪仁が私のためにマニキュアを買ったのだ。赤い色だと、絶対に似合うと言っていた。

ドクウツギのような赤に違いない。私は、私の爪を毒のような妖艶な赤にして、雪仁の記憶に爪痕をつけたくなった。

もし私が、死よりも大切な恋に出会ったら、その人と共に夢の吊り橋を渡りたい。永遠を誓い合った後、ありったけの愛に満たされて死ぬのだ。

かすむ視界で、雪仁に電話をかけた。

『園枝。まだ仕事中なんだけど、予定通りに帰れるよ』

「……雪仁君」

『大丈夫だよ、ケーキとワイン、ちゃんと買って帰るから』

「……ええ」

『声が少しおかしいけど。具合悪い？』

「帰ったら……私にマニキュアをぬってほしいの」

私、あなたが好きよ。ひとつ、息を吸い込むと、子宮がまた疼く。

スマートフォンの向こう側で、雪仁がいいよと笑った。

家族のきずな

『帰ったら……私にマニキュアをぬってほしいの』


あれが、最期の言葉だった。俺がケーキとワインを抱え、幸せな家族のもとへ帰るみたいに浮かれて、園枝のもとへ帰ると、もう、迎えてくれるはずの園枝はいなかった。「おかえりなさい」と笑顔で、全身で俺を受け止めてくれるはずの園枝はリビングに横たわり、何か、血だらけの無残な何かになっていた。

死んでいる。どうして。いつ。なぜ。

殺された？　誰に？　どうして。いつ。なぜ。

ケーキとワインを落とさないようにするのが、やっとだった。

園枝の手にガラスの小瓶が握られている。中身はからだ。

園枝が全部、飲んでしまったのだろうか。だとしたら園枝は。

自殺？　そう思った瞬間、俺は後退《あとずさ》った。俺の荷物と園枝の日記を頭陀袋に入れ、もう一度、園枝だった何かと対面する。

ここにいてはいけない。そう、言われたような気がした。逃げていいと。ここにいたら俺が疑われる。そう思ってしまった自分も憎いし、園枝の死も、園枝が自殺したと邪推するのもこわかった。

通りかかったコンビニで店員の目を盗み、ケーキとワインをゴミ箱に捨てた。

一緒にお祝いするはずだった。

生まれてはじめて帰りたいと願った場所、人を、誰が奪ったのだろうか。

知りたい。逃げてはだめだ。戻らなければ。


「藤井園枝さんのお葬式に来ていたよね」

事情聴取は、おだやかにはじまった。園枝の日記は、警察には渡らなかったらしい。園枝が亡くなった日に俺が持ち出し、後日、園枝にお線香をあげに行った時、ベッドマットの下に戻したのだ。自宅の調べはその間に終了したのだろう。

日記以外、園枝はスマートフォンにも俺の痕跡を残さなかった。警察の話しぶりで、そうあたりをつけた。

「聖雪仁さん。芳名帳に名前が記載されていたから、念のため聞いているだけなんだ」

『いわれのない疑いをかけられて戸惑う青年』の俺は、こわごわと顔を上げた。

「……俺、藤井園枝さんの家の前で、行き倒れたことがあったんです。それで、お礼をしようと訪ねたら亡くなった直後で、驚きました」

「そうでしたか」

珠美子さんも、警察には俺の素性を明かさなかったのだ。俺は、うなだれているだけでよかった。

無罪放免。三鷹警察署を出たとたん、スマートフォンが鳴った。仕事だ。


あれから何日経過しただろう。警察からの再度の出頭要請はこず、目が覚めるとどこにいるかわからない生活が戻ってきた。

「お兄ちゃん、起きてよ」

誰かが身体を揺さぶる。甘ったるく、べたついた声。溶けた飴みたいな。まぶたをひらく前に、首や唇をさわってみた。飴などついていない。

「お兄ちゃん、そろそろ帰って。お母さんが帰ってくる」

薄目をあけ、『お兄ちゃん』と呼ぶ女を確かめた。白い胸を朝陽にさらしている。ほぼ平らだからか、裸なのにまったくいやらしくない。ガラス窓の向こうにベランダがあり、植物がふたつみっつ太陽を仰いでいる。

「あの、赤い花、何」

昨日は出社拒否症の男に代わって退職手続きをし、その足で粘着質の男と別れたい女の新しい男になった。終電ぎりぎりで、自称妹から連絡をもらったのだ。

「知らない。ガーベラとか?」

自称妹は、数年前か数ヶ月前のクライアントだ。やはり母親が粘着質の夫と別れたいがため、実は種違いの兄がいたという設定をでっち上げた。偽造したDNA鑑定書はオプションである。偽の種の主は母親の現在の男で、目下結婚準備中だという。しかし㈱ファミリータイズでは、会社を通さない限りクライアントとは二度と会ってはならない規則がある。

規則っていったい何だろう。

自称妹は出し抜けに電話をよこし、寝てくれとせがむ。世の中に妹と寝る兄がどのくらいいるか知らないが、決めるのは俺ではなく相手で、自称妹はあらかじめ金を用意しているからよしとした。

「お兄ちゃん、寝ごと言ってたよ」

枕元にあった五千円札を、頭陀袋に突っ込む。

「お母さんって言ってたよ」

ガーベラとやらが風にそよぐ。茎がしおれかかっている。誰か水をやらなければ。

テレビの時刻表示は七時二十八分。シャワーを借り、着替えたらちょうど八時になった。滞在時間七時間。

「妹。あと二千円くれるか」

今日はどこが俺の家になるのだろう。誰が俺の家族になるのだろう。

㈱ファミリータイズは、西新宿にある。登録者はナンバーキーの暗証番号をおしえられていて、雑居ビルの一室に自由に出入りしていた。コインシャワーと簡易キッチンも完備してあり、正社員のみ申告すれば宿泊も可だ。もっとも正社員は俺だけで、私物を保管させてもらっているのも俺だけだ。仕事用のコスチュームや小道具は各種取り揃えてあるので、私物といっても最小限の衣類くらいしかない。社内には金庫以外金目のものはないが、盗難防止としてナンバーキーの暗証番号も月に一度は更新されていた。

来客用のテーブルで、ひとり業務日誌を書いていると、スマートフォンに着信があった。園枝娘と表示されたまま、延々と鳴り響く。放置してボールペンを走らせていたら、ドアがあいた。

「園枝娘、だって。今度は何役?」

化粧の濃い女が、長い爪でスマートフォンの画面を突いた。園枝娘は、けっこうしぶとい。機械音を、俺は心地よく聞いていた。

「無視しないでよ」

女が、俺の頭をハンドバッグで叩く。

「あんた……、えーと」

「樋口優菜《ひぐちゆうな》。バイトはじめて半年たつけど。マジで人の名前覚えないんだ」

「ああ、樋口優菜」

「いいけどべつに。私、今日で辞めるし。気、狂いそうで」

女がごちゃごちゃうるさくて、つい三枚目の業務日誌を書きそうになった。自称妹は、直接契約だ。

「自分が誰だかわからなくなる。聖さん、よく平気だね」

二枚まとめて押印をしスマートフォンをタップしようとしたら、切れた。

「平気って、何が」

「いろんな人の代わりやってると人間不信になる。私ら、役者じゃないじゃん」

真剣に言い募るので、少々面食らった。樋口優菜はなおも続ける。

「私ら以外、みんなマジなんだよ。人の本気に偽物の私らが踏み込むって、異常だよ」

だからこの会社には人が居つかないのだ。社長は現場業務をこなさないし、古参は俺だけである。この仕事が異常なら、依頼する奴らは正常なのだろうか。

「なんか、聖さんがそっち側に座ってるって意外」

女が、赤くぬった爪を噛み、

「いつも、こっち側でちんまり座ってたじゃん」

ひとり掛けソファを顎でさす。俺はふたり掛けソファの端にいて、女を、無視してみた。

「どうでもいいけど。じゃ、お世話になりました」

女は社長のデスクに業務日誌を投げ、帰っていった。

腹が減ったので、コンビニで買ったレーズンブレッドと缶コーヒーをテーブルに並べる。殺風景だと思いながらパンをかじったら砂みたいで、吐きそうになった。窓の外にはビルが林立し、花などない。

「お母さんって言ってたよ」

昔、お母さんという女がいた。古いアパートの押入れに俺を閉じ込め、女は男と暮らした。女と男がいなくなると、俺は押入れを抜け出し、卓袱台にのっかった食べかすをつまんだ。缶詰のホルモン、寿司のガリ、箱にこびりついたピザのチーズ。男手がなくなると、女は俺を引き回した。一度だけ、花火に連れて行ってもらった。浴衣を新調したのに男にフラれたとぼやき、俺にりんご飴を買い、

「こういう写真を残しておけば、疑われないよね」

と、屋台の店主にデジカメを渡し、写真を撮った。赤くて甘いかたまり。女が自ら俺に与えた食べものだった。その後、女はいなくなったり現れたりを繰り返し、都度、男も様変わりした。卓袱台には食べかすと、小銭が置かれた。たとえば小学校の給食費とか、中学校の修学旅行の積立金とか、そういう未払いだと疑われそうな金は滞りなく納めていた。小銭は必要経費という意味だったのだろう。たぶん適当な時期に女は永遠にいなくなる、それこそ滞りなく消えるだろうと俺はどこかで予感し、こっそり小銭をためておいた。栄養は給食で摂れていたし、関心が向けられなかったから暴力もない。たまたま欠席した同級生に宿題のプリントを届けに行ったら、物腰のやわらかい地味でふっくらした母親に、手作りのおやつと夕食をごちそうになった。メニューは何だったか忘れたが、いかにも手が込んでいてあたたかく、食べたそばから吐いた。気持ちのいいぬくもりが、気持ち悪かった。その時、さみしいという感情を知った。手足が伸び、押入れが窮屈になった頃、はじめて小銭ではなくお札が置かれていた。女がいな

くなって、押入れの中は布団と小銭と、「お母さん」と一緒に写った写真だけになった。

ふたり掛けソファに寝転ぶ。ひと口かじったレーズンブレッドは、手作りではないはずなのに胸がむかむかした。いつの間にか心身ともに毒されていたのか、あるいは浄化されていたのか。お母さんではないお母さんに。

食べかけのレーズンブレッドをゴミ箱に捨て、缶コーヒーを飲み干す。壁にかかったホワイトボードには、一週間分の業務スケジュール。イレギュラーな類は電話やＬＩＮＥで通達され、心身があいていれば俺はどこにでも行った。最近、『』で括って脳味噌に焼きつけないと仕事がしづらくなっていた。樋口優菜が言っていた、自分が誰だかわからなくなる、の逆だ。なんていうか聖雪仁がのさばっているというか。もともと俺なんて『　』だったのだ。空白には相手が望む文字が入った。『押入れ』『暇つぶし』『男』。二十代前半で、『ファミリータイズ』にありつけてよかった。

雑多な仕事をこなす中で、たった一度、なりきれなかった人物がいる。『母親に捨てられた子供』だ。事実どおり、ただそのまま、というのが受け入れがたかった。『母親に捨てられた子供』など、めったにない注文だろうけれど、二度とないとはかぎらない。だから『母親を捨てた子供』にすり替えようと試みた。形だけでも母親を、なくしてみたかったのだ。図書館で読んだ有毒植物図鑑から毒を選び出し、山まで探しに行ったら嘘みたいに運良く入手できてしまった。毒を求めていずれ迷走し、母親の存在などどうでもよくなるだろうと俺自身が目論んでいたかもしれなかった。笑ってしまう。こじらせたぶん余計に『母親に捨てられた子供』がリアルになっただけではないか。

スマートフォンの着信音で我に返る。ＬＩＮＥだ。度々ペットシッターを依頼してきたキャバ嬢である。

『死んじゃう』

不穏な短文だ。

すぐ行く旨を返信し、表通りでタクシーをつかまえた。新宿から池袋まで約二十分。さびれたワンルームマンションをエレベーターで上がる。５０６号室。鍵はあいていた。ドアをひらくと、視線の先にうなだれた背中があった。

「大丈夫ですか」

名前、名前は何だっただろう。女の肩をつかむと、軟体動物みたいにぐらりと傾《かし》いであっけなく、床に倒れた。

薄茶の長い髪がこめかみから二の腕に流れ、女の身体を彩る。やがて痙攣しはじめたと思ったら、嗚咽していた。

「……死んじゃった」

女の指が窓際をさす。女と同じような体勢で、小犬が横たわっていた。日差しが描くブラインドの縞模様で二色になっているが、本来は白いチワワだ。度々世話をしたというより、無言の時間を共有した。

「どうして」

まだ十分若かったただろう。一歳にも満たなかったのではないか。

「……わかんない」

方々に、ふたのあいたマニキュアや口紅、酒の瓶や食べかけのコンビニ弁当やスナック菓子、煙草の吸殻や粉や錠剤があった。

「餌は」

餌の皿も水の皿も、からっぽだった。

「わかんない。彼氏が犬がキャンキャンうるさいって言うから、ずっとバスルームに閉じ込めてて。彼氏が帰るって言うから、バスルームから出して。さっき、彼氏を送って、帰ってきて」

ゴミ箱はティッシュペーパーでいっぱいだった。

「どうして、彼氏呼ばないんですか」

「彼氏はうるさいって言うから」

「オサムって呼べないからじゃないんですか」

「オサムじゃなくてサム」

「初恋の相手がオサムなんですよね。ずっと好きだったー、今も、って最初依頼してきた時に酔っぱらいながら言いましたよね」

なぜこんなくだらない記憶が頭にこびりついているのだ。小犬の名前は覚えていても、女の名前はさっぱり思い出せない。

「サムだよ」

寝転がったまま、女はしゃくりあげた。

「オサムっていう彼氏をつくればいいじゃないですか」

「うるさい」

灰皿やティッシュケース、手あたり次第に物が飛んできた。よけながら、そのへんにあった毛布をオサムにかぶせる。鎖骨に鋭い痛みが走り、瞬く間に黒のMA‐1ジャケットが赤く染まった。

マニキュアが床に落下した。

姿見に映った俺は血まみれみたいだった。このままこの女のように倒れたら、死人に見えるだろうか。

「……ごめん」

やっと正気に戻ったのか、女が毛布で俺のジャケットを拭こうとした。

「さわるな」

毛布の下には、女と男に殺された小犬がいる。でも、女と男の体液で湿った毛布では窒息してしまうかもしれない。生きていたって安らかではなかったのだから、死んでからはせめて『愛されたオサム犬《けん》』として供養したい。

俺はオサムから毛布をはがして女に投げつけた。代わりに、脱いだジャケットでオサムを包む。手や腕に、粘着質な赤がついた。

「ペットの葬儀代は二十万です」

「ふっかけないでよ」

「クリーニング代はサービスしておきます。あとで請求書送りますね」

生前、オサムはもっと重かった。抜け殻はこんなにも軽い。魂はどこをさまようのだろう。

玄関先で一度だけ振り向くと、数分前に来た時と同じ格好で、女が座っていた。違うのは、スマートフォンを肩と耳とではさんでいるただ一点。

「タカヤ。うん、いなくなったよ」

葬儀代は三十万だ。

ドアを、外側から思いきり蹴りつけた。

小犬の死体を抱えて電車に乗るわけにもいかず、俺は再びタクシーを停めた。スマートフォンで検索すると、東新宿にペット専門の葬儀屋があった。小型犬の火葬は二万円〜。命の後始末は随分と安い。

「東新宿の『動物の郷《さと》』まで」

運転手に告げる。シートにもたれ目をとじると、横たわった女が浮かぶ。細い身体に長い薄茶の髪がからみつく。足と手の小さな爪は、鮮やかな赤だ。女は死んでいるのに、色だけが生きている。そんな錯覚を起こした。かつて、そんな錯覚を、起こしたことがあった。

目をあけると、車窓は灰色だった。車も人も、時間を追いかけ過ぎて足元を疎かにしている。もっと、今、の中に没入すればいいのに。ていねいな暮らし、みたいな暮らし。毎日のごはんや庭に咲く花なんかをいちいち愛でて、ふたり掛けソファに寝転び誰にともなく微笑む、時間に操られるのではなく時間を操る、そんな暮らし、人。

気のせいか、膝に乗せたオサムが少し重くなった。ジャケットに付着したマニキュアは、固まっていて落とせそうにない。

一週間後、オサムを放置した女が本当に三十万円を振り込んできたので、俺は社長から臨時ボーナスと特別休暇をもらった。が、休暇は辞退した。『 』の空白をもらっても、気詰まりなだけだ。

今日は、男が付き添っているとモチベーションが上がる、という女の依頼で早朝に公園で筋トレをし、いったん会社で仮眠をとって、夕方は金融関係のセミナーに参加した。人数合わせのためである。夜、会社へ寝に帰ると、明日のスケジュールが追加されていた。壁にかかったホワイトボードは、真っ黒がいい。どんな風にも、どんな人間にもなる。

頭陀袋を枕に、ふたり掛けソファで優雅に眠った。目覚めてすぐシャワーを浴び、支度をした。一発目の仕事のため、九時前に表通りでタクシーをつかまえた。

世田谷区×××新規オープン　パティスリー　スイートドリームスにて限定ギフトボックスを入手。開店三十分前に到着すると、もう人が並んでいた。最後尾で二十四番目。ノルマは一箱だからたやすいが、こういうぼんやりした仕事は苦手だ。『』で括りづらい。どうしたって、聖雪仁がぼんやり並んでいる、といった図。『ニートの暇つぶしで日銭を稼いでいる』じゃあ、聖雪仁と大差ない。

三月になったのに、ジャケットなしだと肌寒い。コスチュームの中から上着を借りてくればよかった、と肩をさすったらスマートフォンが鳴った。園枝娘だ。

「もしもし」

『やっと出た』

珠美子さんは、園枝とは似ても似つかない。声も姿も。

『どうして折り返してくれないのよ』

そういえば着信が何回かあった。

「珠美子さん、お菓子好きですか」

『お菓子？　何を言ってるの』

何を怒っているのだろう。

『母の件、決着したのよ。雪仁君には伝えておこうと思って』

珠美子さんの話によると、園枝の死は極めて事故死に近い自殺で収束したという。

「……自殺」

警察は、園枝が作ったクッキーを園枝自身が誤って食べたという結論を出したそうだ。ドクウツギに関する資料やデータは、園枝側からは見つからなかったが、誰かが園枝に怨恨を抱いていたという形跡もなかった。

園枝と最後に会ったとされるのが、柳瑠衣だ。

クッキーは園枝宅にあった材料で園枝自身が作ったというのが瑠衣の証言である。キッチンには入らない契約で、赤い実など知らないという。

結局、他殺を疑わせるに足る証拠がなかったのだろう。

「そうですか」

『ねえ、母の第一発見者は、本当はあなたなんでしょう?』

パティスリー　スイートドリームスの店員が店先を掃きはじめると、俺はやるべきことを頭の中で反芻した。限定ギフトボックスを一箱購入、領収書をもらう。

『平沼さんの訪問時間は九時だったけど、チャイムを鳴らしても母は出なくて、玄関の植木鉢の下を探ったそうよ。そこが鍵の隠し場所だったから。あなたも知っていたでしょう。でも、植木鉢がズレていたっていうのよ。平沼さんが。これ、平沼さんから私が直接聞いたの』

スイートドリームスというのは、確か、良い夢を、という意味だ。

『それに雪仁君、母のお葬式の日に、いったん、逃げてしまった、って言ったわ。母が亡くなっていたのを発見して、母の日記と、あなたの服とか、身の回りの物を持ち去ったのよ。警察の目から逃れるためにね。それからまたうちに来て、さらに母のお葬式に来たのね』

俺の家じゃないとわかっていても、何度も足が向いた。生まれてこのかた漂ってばかりだったくせに、食べて寝て、つい長居をしすぎてしまった。

『聞いてる?　警察が母の部屋を調べても、母の日記は見つからなかった。ベッドマットの下にあったのよ、ベッドマット。まっさきに調べると思わない?　ベッドマットよ』

「繰り返すといやらしいですね」

『でも今、母の日記は私の手元にある』

「よかったですね」

『そうじゃないのよ、私が言いたいのは』

「すいません、これからすぐ仕事なんです」

『あなたに会いたいってことよ』

「じゃあ、お菓子を買っていきます」

店のシャッターがひらき、人々が浮足立った。


いっぱしの刑事気取りだな、と珠美子さんの主張を反芻しつつ、ベッドマットでうつぶせになった。このままだとクビになりそうだからサクラになってくれ、と泣きついてきた人気ゼロの泡姫の客になっているのだ。そっちが金を払うのに奉仕してもらうのも変だが、

「だって、さみしいんだもん」

と女はべそをかき、セックスをせがむ。

「別料金だけど」

と俺は返す。あべこべだ。

「ねえ、聖君、スイートドリームスの紙袋持ってたよね。日本初出店なんでしょ。うわあ、いいなあ」

俺の背中にローションをたらして広げ、女が覆いかぶさってきた。重くて、窒息しそうになる。力をふりしぼって、匍匐《ほふく》前進した。

「ここ、湿気が多いからしけそうだな」

「しないの？　ねえ」

ローションが幸いして、重石《おもし》のような身体から抜け出せた。シャワーをあびると、『』がす

べて洗われる気がした。珠美子さんのせいだ。『』がなくなったら、むきだしになってしまう。

「ねえ、私、がんばるから」

がんばるから。がんばるとは、そんな覚悟なのか。菓子に気を取られながら宣言するくらいの。

「がんばってみてもいい?」

シャワーヘッドを、女に向ける。女の、豚のように肥えた身体がずぶぬれになる。

「がんばってみてもいい、とか言うわけ」

ふざけるな、と唇だけで悪態をつく。何度も何度も。

「ちょっと、やめてよ」

がんばってみてもいいというのは、すべてさらさなきゃだめなのだ。『』をはずして、生身で、むきだしでゆだねる。そのへんにいる、女という属性だけの女につとまるはずはないし、言葉だけでも軽々しく発してほしくはない。

どれだけの覚悟がいったのだろう。そうだ、覚悟を肌で感じた。だからつい、ゆだねた。ゆだねてしまったら、液体になったみたいになった。相手の熱であたためられて、溶けて果てしなくいけそうなのだ。世界が自分で自分が世界になった、そんな風に広がって一体になる。セックスではないが、セックスを超えていた。あんなのははじめてだった。

よくがんばりました、今まで。精一杯生きてきたのね。と俺を抱く身体が言っていた。

シャワーのお湯を止める。水滴が一定のリズムでこぼれた。

「……もう、なんなの」

「金、払って」

「ねえ、別料金でいいからしてよ」

さみしいの。性懲りもなく、身体をすりよせ女がせがむ。

「金。早く」

女を突き飛ばし、服を着る。下品なショッキングピンクの丸テーブルに、しけた札が置かれた。

パティスリー　スイートドリームスの限定ギフトボックス一箱と領収書。サクラ遂行料として万札が三枚。本日の業務終了の連絡をＬＩＮＥで送る。今日が終わろうとしているのに、五反田の駅前は異様に明るい。今夜の寝床を、俺は会社のソファにするか漫画喫茶にするか迷った。以前は、会社で仮眠するさいも、ひとり掛けソファを使っていた。ふたり掛けにはなじみがなかったのだ。もっとも、ふたり掛けはふたり用で、ひとりで贅沢にくつろぐなど考えられなかった。

空を見上げたら、極細の月が引っかかっていた。ネオンに霞んで、行き場を失っているような危うさ。

山の日暮れは、奈落の底だった。奈落の底など落ちたことはないが、密度の濃い暗さは、歩いていると自分の中にもぐり続けているような感覚になり、やがて世界が闇なのか俺が闇なのか判別がつかなくなる。あの時、手にした赤い実だけが現実だったのかもしれない。いや、違う、全部現実だと聖雪仁がささやく。逃げずにもう一度、がんばってみてもいい、と。

五反田駅前の大通りで、高架を行き来する電車を眺める。とりあえず東京駅だ、と俺は限定ギフトボックスをふたつ携えたまま、山手線に乗車した。

東京駅近隣のインターネットカフェで、翌朝出発の新大阪行き新幹線を手配する。指定席を確保し、すぐに社長へＬＩＮＥをした。休暇申請だ。特別休暇を辞退したくせに我ながらややこしいが、社長は了承してくれた。

ひと眠りして、東京駅へ向かう。途中、コンビニで限定ギフトボックスを一箱、宅配便で会社に送った。

新大阪行きの新幹線で約一時間、まず静岡で下車する。静岡からＪＲ東海道本線で金谷まで行き、大井川鐵道大井川本線に乗り換え、千頭《せんず》で降りた。土地勘もないし、旅慣れてもいない。うまい具合に臨時収入があったので、あとはタクシーに任せた。目的地は寸又峡温泉だ。

出発したのは昼前だったのに、もう夕方になろうとしている。車窓は灰色ではなく、暴力的に色彩が豊かだ。日が暮れていくのが手に取るようにわかるくらい、山も樹々も急いでいない。景色は、ゆっくりとすぎていく。

遠出したのは、安達太良山以来だ。福島県の安達太良山で、園枝に会った。あれからまだ半年余りとは、信じられない。

「着きましたよ」

寸又峡温泉に近い旅館のうち、俺は園枝に似つかわしい旅館を選んだ。雅やかで厳粛な庭には本物の水車があり、ロビーには格調高い家具が備えつけてあった。東京駅構内で黒のコーチジャケットとカットソーと下着を新調したとはいえ、俺みたいな不審者が宿泊するような雰囲気ではない。異空間さながらだな、と思ったら、以前もそう思ったのを思い出した。花、赤い花、薔薇。あたたかい食卓。リビングの陽だまり、ゆったりしたソファ。押入れよりも何倍も広く、黴臭《かびくさ》くもなかった。

卒業旅行がやや下火になった時期なのか、当日の予約で部屋が取れたのは幸運だった。一人旅では少々贅沢な、十二畳もある和室。仲居が運んできた和菓子の包装紙を剝きながら、本来は一人旅ではないのだと『聖雪仁』が主張した。園枝が俺と、来たがっていた場所。

緑茶を一口飲み、畳で大の字になった。深呼吸をし、身体をくの字に曲げた。両手を首にからませて、絞めてみる。園枝の首はもっと頼りなく華奢《きやしや》だった。指で、胸元を搔きむしるふりをした。園枝が、そうしたであろうように。同じ毒でも、事故死と自殺では痛みは異なるだろう。どっちがよかったかなど、ジャッジできない。園枝が自分で死期を定めたがっていたのは、俺と会う前の話だ。

部屋に配膳してもらった夕食をつまみながら、明日の計画を算段した。旅館から夢の吊り橋まで、徒歩で三十分から四十分を要する。混雑時は待ち時間が百二十分にもなるというが、今時分はその心配はないだろう。

由緒正しい日本家屋やＮＨＫに登場しそうな日本庭園、家庭料理を写した白々しい料理の数々に反吐《へど》が出そうになった。がんばってみたのに、『聖雪仁』でいるのがつらい。

スマートフォンの履歴を遡って、タップした。園枝娘の画面はすぐに切り替わった。

『雪仁君、今どこにいるのよ』

珠美子さんはいつも怒っている。

「旅館です」

『旅館？　ねえ、お菓子はいつ届けてくれるの』

「ここにあります」

『お菓子なんてどうでもいいのよ。私はあなたに会いたいの。どこの旅館？　いいわ、私がそこに行くから』

「寸又峡です」

珠美子さんが、ひゅっと息をのむのがわかった。

『寸又峡？　本当に？』

はい、と返事をして再び寝転がる。座卓には、半分以上残された料理。ぬくもりなど、どこにも見当たらない。

『雪仁君。私に雇われてほしいの。母にも雇われていたんでしょう』

「俺、園枝さんには雇われていませんよ」

『成り行きはどうあれ、きっかけはそうだったはずよ。だから私にも雇われて』

横柄な理屈だ。

「何をすればいいんですか」

『一緒に、夢の吊り橋を渡ってほしいの。母の日記を読んだわ。雪仁君も母の日記を読んだから、そこにいるのよね』

「そうです」

がんばってみてもいい。そう思った。園枝のために、がんばってみてもいい。俺が嫌悪する聖雪仁になってみてもいいと。

『明日の朝九時。夢の吊り橋にきて』

「間に合いますか」

『夜行バスで行くわよ。だって雪仁君、またどこかに消えちゃいそうだもの』

人を、自殺志願者みたいに言う。

「俺、そんなに危うくないです」

『危ういわよ。だって、母を亡くしたのよ』

「あ、お菓子ありますから」

『お菓子なんてどうでもいいんだってば』

私はあなたに会いたいの。珠美子さんがやんわりと言う。一字一句、区切るように、血を彷彿させるように。

「スイートドリームスっていう店のお菓子なんです。限定品です。並んで買ったんです。スイートドリームスって、良い夢をという意味ですよね」

山、湖、人里離れた地。格式ばった旅館で、塵も埃もない部屋で、澄みきった夜に、俺は饒《じょう》舌《ぜつ》になっている。珠美子さんの息づかいに、かすかに園枝の血を感じたのだ。

スマートフォンを持ち、窓辺にたたずむ。白銀色の、極細の月。

「珠美子さん、知ってますか」

『何を』

「園枝さんが好きな月。意外にも、満月じゃないんです。すべて満たされているみたいでいやだと言っていました」

そう、と珠美子さんが含みを持たせ、

『良い夢を、って意味ね』

しみじみと言った。

「細くて頼りなくて、抱きしめたくなるから、忘れられないでしょう、って言ってたんだ」

良い夢を。全部、良い夢だったらいい。ずっと、聖雪仁ではない誰かでいられた。『母親に捨てられた子供』を、夢にしてしまえたのに。園枝が俺の全部を認めてくれて、『』をはずした。聖雪仁を受け止めてくれたんだ。苦しかったけれど、がんばってみてもいい、とつい思った。園枝がそれを求めてくれるなら、聖雪仁で生きていいのかもしれない、と。


安達太良山も、一帯があたかも巨大な生物だった。自然の熱量がすごくて、心意気を試されているようなのだ。寸又峡も、暴力的な威力がある。

旅館から峡谷の大間《おおま》ダム湖にかかる夢の吊り橋まで、ハイキングコースになっている道だった。幸いにも、現時点で同じ目的の観光客はいない。

ジーンズに履きつぶしたスニーカーは、あの時と、安達太良山を放浪した時と変わらない。ドクウツギを探す目的はあったものの、ただただ放浪したかっただけかもしれない。

平坦のようでいて微妙にアップダウンを繰り返す、山道を進む。樹々に土、野生の花、それらを包む光と風。有形無形のものすべてが、孤高だ。

寸又峡プロムナードコースの先にある、急勾配の階段を降りるともう、山間《やまあい》の湖はすぐそこだった。階段前で俺は、ジャケットのポケットを撫でた。

珠美子さんがいた。

薄手のダウンジャケットにラップスカート、リュックサックにウエストポーチ、足は分厚いソックスに登山靴ときた。大げさな格好に苦笑いしていたら、

「何がおかしいのよ」

大股で近づいてきた。珠美子さんが怒っていると安心するのはなぜだろう。

「おはようございます」

「雪仁君。あなたに見せたいものがあるの」

と、ウエストポーチをひらき、スマートフォンを掲げる。

「雪仁君、誕生日はいつ」

「なんですか、いきなり」

「いいから、おしえて」

「……一九九五年二月二十一日」

「ありがとう」

やや緊張した面持ちで、珠美子さんは画面をタップした。1・9・9・5・0・2・2・1。

パスワードだろうか。何の。

「珠美子さん、それ」

「母のスマホよ」

画面を繰る指がぎこちない。珠美子さんの、困惑と懐疑がないまぜになった顔。

「ひとつだけ、ロックがかかったファイルがあったの」

園枝との最後の夜。自撮りばかりしていた園枝が、一度だけ、俺に写真を撮らせた。


「雪仁君。誕生日はいつ？」

「一九九五年二月二十一日。何、いきなり」

「来年まで一緒にいたいと思って」


珠美子さんが、片手で額をおさえ片手でスマートフォンを差し出す。

今日を除いた一番新しい日付、園枝が死んだ日の画像が数枚あった。園枝の、断末魔であろう顔が収められている。隙がなくぬられたピンク色の爪で、首を掻きむしる園枝。鎖骨に鮮血がたまり、服が汚れても、撮るのをやめない。

清楚な爪が、血で赤黒く染まっていく。園枝はきっと、それすら気づいていない。瞳孔のひらいた目で、乱れた髪で、笑っている。

狂気と歓喜。もっとも醜く、底なしに美しい顔だった。露骨で妖しく、容赦がない。おそろしいのに、惹きつけられる。

これがむきだしの園枝だとしたら。

「……母は、やっぱり自殺なのかしら」

珠美子さんが、うめくように言った。

「違う」

少なくとも来年までは生きるつもりだった。あの時は、パスワードのつもりではなかったはずだ。

ドクウツギを自ら食したのだとしても、園枝は、夢を叶えただけだ。死期を自分で決めたくて、ドクウツギを探していたのだから。

「だって、誤ってドクウツギ入りのクッキーを食べたとしても、どうして自撮りなんかするのよ。そんな余裕があるなら助けを求めるはずでしょう」

「違う」

「自殺みたいなものじゃない」

「生ききったんです」

「だから」

「生ききった。それだけだ」

身体まるごと、心全部をさらけだして、園枝は俺から『』をはずした。俺とセックスして、園枝も園枝の『』を取っ払った。

「私にはもう、お金しか与えるものがないの」

「だから、買えるなら買いたいのよ。そんなにおかしいことかしら。最後に、絆みたいなものを買えたら、って望むのが」

「これをあげてしまえば、終わると思ってた」

最後にとか、終わるなどと言わずに、もっと俺のために生きてほしかった。一緒にごはんを食べて、花をダイニングテーブルに飾って、ふたり掛けソファでだらけて、空白の中に色だけあるような生活をしてみたかった。誰にもならなくていい暮らし。『母親に捨てられた子供』『押入れ』『暇つぶし』『男』。『』で括れば救われた。でも、ただの聖雪仁でいてみたかった。命がけで買いたいと言ったから、こっちも命がけで売ったのだ。

「雪仁君、大丈夫?」

スマートフォンを、珠美子さんに返した。

空を仰ぐ。昨夜のか細い月は、姿をくらましてしまった。

「珠美子さん。渡りませんか」

「そうね」

こちらの山とあちらの山をつなぐ、細くたわんだ吊り橋がかかっている。眼下に広がるのは青と緑が混ざり合った、孔雀緑のような色の湖だ。落下したらひとたまりもないだろう。

「雪仁君、先に行って」

園枝のスマートフォンをウエストポーチに収め、珠美子さんは表情を引きしめた。

人が足を踏み入れてはいけないくらいに、穢れがない。一歩一歩、踏みしめるごとに吊り橋が揺れる。あちらの山で園枝が待っているのではないかと、信じてしまいたくなるほど、ここは幻想的だ。濁りのない湖と、鬱蒼と茂る樹々。

園枝が夢見た場所。俺もここで生ききってもいい。つい、そんな風に思ってしまう。前後に人がいないのをいいことに、俺はポケットからフリーザーバッグを出した。園枝がくれた、花柄のフリーザーバッグだ。

「それ」

「ドクウツギ。ここに葬ろうと思った」

俺は素早くフリーザーバッグをあけ、中身を湖にこぼした。

「待って」

珠美子さんが、ウエストポーチから二つ折りにした茶封筒を出した。珠美子さんもおそらく持て余していたのだろう。赤黒い実が次々と、湖に吸い込まれていく。

「これで終わりね」

珠美子さんが言った。終わり。俺は再びポケットを探り、写真を太陽に透かした。昔、母親という女に一度だけ、花火に連れて行ってもらった。女は俺にりんご飴を買い、写真を撮った。俺は一思いに破り、花吹雪のように空へ放った。園枝はこの写真を盗み見したのだろう。俺に内緒でりんご飴をつくり、食べろと迫った。首筋についた溶けた飴、甘い匂い。「食べつくすの」と俺を押し伏せた園枝。

「珠美子さん。母親って何ですか」

「え」

「園枝。お母様でもいいって言ったんだ」

珠美子さんの前髪が、風にそよいだ。

「俺の母親になってもいいって言ったんだよ」

いつしか俺は泣いていた。さみしさや孤独の只中にいても、気づかなければ感情なんかわかない。役立たずで無駄なぬくもりを知ってしまったら、無駄な感情がいっぱいわいた。

「いつ、母親になってもいいなんて」

「セックスする前」

「セックス……」

つぶやいて、珠美子さんは首を垂れる。

「完璧な母親にならなきゃって、母は思い込んでいたのかしら。母本人も気づいていなかったかもしれないけれど。ううん、どの母親も同じように苦しむのかもしれない」

完璧な母親など、この世にはいないだろう。でも、なろうとしてくれた。園枝は、俺のために。

「娘……、子供がいるから、完璧になろうとするのよ。それが母親ゆえの愛なのか、私にはわからない。正直言って、わからないの。私が母から、愛されていたのかも」

珠美子さんのこめかみに、風が渡る。

愛ゆえだなんて理想論だと、看破したいのにできない。母親という女は俺を受け入れなかったが、園枝は俺を受け入れてくれた。

「私は、母親だと思うからつらかった。母は、母の生き方を最上としていて、私にそれを押しつけようとしたから」

「ケーキとワイン、買う約束したんだ。約束したんだよ」

「でも母は、生ききったんでしょう。私達は、一応、最期を見届けたわ」

封印されていた断末魔の園枝は、もっとも醜く、底なしに美しかった。露骨で妖しく、容赦がない、欲望の形。おそろしいのに、惹きつけられた。園枝は悔いなく生ききったと、俺は自分に言い聞かせた。

まざまざと最期を見せつけられて、俺と園枝の間に、この橋みたいな、揺れる絆が生まれたのかもしれない。血じゃなくてもいいし、買っても売ってもいい。樋口優菜も言っていたではないか。「私ら以外、みんなマジなんだよ。人の本気に偽物の私らが踏み込むって、異常だよ」と。

偽物の俺らが異常なら、依頼する本物の奴らは正常だというのか。縁や家族、人間関係を取り繕って救われている人々がいるのだ。その人達が望む方向にいけるのならそれでいい。俺が㈱ファミリータイズにいられたのは、『聖雪仁』でいたくなかったからだ。

止めようとしても、涙は止まらなかった。

危ういくらいの足場しかなく、たわみも揺れも恐怖心をあおるのに、俺は、たぶん珠美子さんも、居竦むことはない。

吊り橋の半分をとうにすぎた頃、珠美子さんが俺をうしろから抱きしめた。

「あぶな……」

珠美子さんの腕の力が強すぎて、身じろぎもできない。

「危ないわよ。だって雪仁君、泣いているんだもの。私の前で泣くんだもの」

背中に豊満な胸が押しつけられる。声も姿も、体臭も違うのに、吐息だけは園枝と同じだ。

やっと、涙が止まる。

「異性として見てるんですか」

「ええ。今だけ」

「じゃあ、今だけ、振り向かずにいます」

絞り出すような吐息と、脈打つ血は、同じだ。

「そうね、ありがとう」

珠美子さんは泣いているのだろうか。笑っているのだろうか。俺の首筋がかすかに湿ってくる。

珠美子さんが、腕をほどく。わずかだが拘束されていた俺の身体は、安堵するというよりは少し、心細くなった。

吊り橋を渡り終えても、まだ空を歩いているようだった。吊り橋のたもとにある木こり橋を踏みしめる頃、ようやっと足の感覚が戻ってきた。爪先から頭の天辺まで、じんわりと熱くなる。

「ねえ、私と一緒に暮らさない？」

振り返ると、はにかんだような珠美子さんがいた。

「え」

聞き返すと、今度は正面切って言った。

「私と一緒に暮らさない？　お金ならあげるわ。母と暮らしたように、私とあの家で暮らしてくれたらいいの」

「異性として」

「見てないわ」

俺と珠美子さんは、同時に笑った。

「珠美子さんもひとりなのか」

「そうよ」

「さみしい？」

聞いてしまうというのは、俺がさみしいからだ。

「さみしい。私、天涯孤独なのよ。ここの景色みたいに、孤高になんかなれない。単なる孤独」

珠美子さんは、もうひとつの孤独がほしいのだろうか。便利で破天荒な関係からでも、絆が生まれる要素はある。異常でも、正しくなくてもいい。

「さみしいって、何だろう」

口にしたらさみしさは現実になったけれど、笑い飛ばしたいくらい楽にもなった。

「私はあなたの母親にはなれないけど、子供同士みたいなものでしょう」

「恋愛です」

「そうだったわね」

ごめんなさい、と真面目に謝罪したので、つい笑った。涙の乾いた頬が、ひりひり痛んだ。

太陽は、ほぼ真上だ。片手でひさしをつくって、俺は言った。

「俺、高いよ」

「いいわ」

寸分の迷いもなくこたえるさまは、園枝に似ている。

「冗談です。住まわせてくれるなら、それでいい」

木こり橋の先に、今度は急勾配の昇り階段があった。珠美子さんが大げさにため息をつく。

「いやだ、また階段。願いを叶えるのも楽じゃないわね。人生みたい」

明日か明後日から、この人と暮らす。かつてあの家でしていた、ていねいな暮らし、みたいな暮らしだろうか。毎日のごはんや庭に咲く花なんかをいちいち愛でて、聖雪仁を存分に生きる。ふたり掛けソファに寝転び誰にともなく微笑む、これはないかもしれない、と思うと笑いがこみあげてきた。

「何がおかしいのよ」

べつに、と首を振り、目尻にたまった涙を指で拭う。

人生って何ですか。

振り返り、渡り切った夢の吊り橋に問いかけた。


桜が開花し、家の花壇にも名もない花が咲いた。近々、珠美子さんに土の入れ替えをするよう頼まれている。園枝のように薔薇を育てるつもりだろうか。名は体をあらわす、ではないが、花も体をあらわす予感が俺にはあった。園枝には薔薇が似合いだったが、珠美子さんにはホームセンターに並ぶ手頃な花がいいように思う。ガーベラとか。ガーベラががさつという意味ではないのだが。

水やりを終え、洗面化粧室で手を洗っていると頓狂な声がした。

「何を言っているのかわからないわ」

珠美子さんが、誰かと電話しているのだ。リビングへ行くと、珠美子さんがスマートフォンをソファに放り投げ腕組みをした。

「どうかしたんですか」

「べつに。平沼さんがわけわからないことごちゃごちゃ言ってるのよ」

「わけわからないこと」

「ドクウツギがどうの、って」

「今さらですね」

「本当よね」

「あ、マニキュア」

珠美子さんの爪が、真っ赤だった。

「ああ、これ。ちょっとぬってみたの。悪かったかしら」

珠美子さんが手をグーにして爪を隠した。柄にもなく恥ずかしげな様子に、俺は笑いをこらえた。

「いえ、悪くないです」

園枝へのプレゼントで俺が買ったマニキュアだ。罪滅ぼしのつもりなのか、珠美子さんはおずおずと俺の前で手を広げた。園枝と異なり、珠美子さんの指は肉厚で爪は平面だ。

「私には似合わないわね」

「いいえ、悪くないです」

珠美子さんがキッチンへ移動したので、俺も二階の部屋へ引き返す。そろそろ支度をしなければならない。

湯が沸く音、食器がかち合う音。平和だと思いながら、書類の準備をする。昨夜散々、珠美子さんにダメ出しをされ、何度も修正した。


ドクウツギがどうの、って……


今さら、何を言っているのだろう。どのみち、ドクウツギは夢の吊り橋で葬ったのだ。

書類を抱えて一階に戻り、仏壇にお線香をあげた。園枝の住処には薔薇と、一度珠美子さんが使ったマニキュアと、良い夢がある。スイートドリームスの限定品。珠美子さんは仏壇に供えたまま、一向に食べようとしない。

待てよ、良い夢の賞味期限はいつだっただろう。花立ての水を替えるついでに、箱の底を確認した。十日後。この日は。

花立てをふたつ持ち、キッチンへ行く。

「あら雪仁君、まだパジャマなの」

俺は、光沢のあるブルーのパジャマを着ていた。いやらしい映画に出てきそうなやつだ。

「花の水を替えてからシャワー浴びようと思って」

「早くしなさいよ。今日、面接でしょう」

俺は、珠美子さんが怒っていると安心する。なぜだか。

水を替え、仏壇に手を合わせる。

シャワーを浴び、着替える。キッチンに立つのは、珠美子さんだ。園枝と違ってがたいがいい。いつまでも生きていそうな、頑健な背中。

「雪仁君。履歴書と職務経歴書、忘れないでよ。それと筆記用具と」

朝食を作っているのだろうか。危なっかしい手つきで包丁やフライパンを扱い、余計な音をさせながら、珠美子さんが背中で言う。

「はいはい」

「返事は一回」

「はい」

昨日付けで、俺は㈱ファミリータイズを退職した。今日はこれからアルバイトの面接なのだ。貸しスタジオの雑用兼事務という、まともな職種。

珠美子さんが、不格好な焼き菓子を皿に盛った。

「なんですか、それ」

聞くと同時に、玄関のチャイムが鳴った。

「雪仁君、ちょっと出てくれる？」

「はい」

モニターには、光世が映っていた。口に手をあて、眉間にしわをよせている。

「珠美子さん、平沼さんです」

「平沼さん？　もう、さっきから何なのかしらね。あがってもらって。マドレーヌもあるし」

「マドレーヌ……」

不格好な焼き菓子はマドレーヌだったのか。仮にも来客なのだから、俺が買った焼き菓子で接待すればいいのに。

「そうよ。面接の景気付けに、昨日焼いておいたの。たくさんあるから出していいわよね」

珠美子さんがティーカップを追加でひとつ、用意した。

「でも、来てもらってちょうどよかったかも。再来週の母の四十九日に、平沼さんにも出席してもらおうと思っていたの」

良い夢の賞味期限は、園枝の四十九日の日だ。珠美子さんは、珠美子さんと俺と園枝の三人で食べるつもりなのだろう。

玄関をあける。

光世が、泣きそうな顔で俺を見上げた。

初出
やわらかい棘　「小説新潮」二〇一七年十一月号
砂の日々　「小説新潮」二〇一八年五月号
花園　「小説新潮」二〇一八年十一月号
家族のきずな　書き下ろし

単行本化にあたり、大幅な加筆・改稿を施しました。

森美樹（もり・みき）　1970（昭和45）年、埼玉県生れ。1995（平成７）年、少女小説家としてデビュー。その後５年間の休筆期間を経て、2013年、「朝凪」（「まばたきがスイッチ」と改題）で、Ｒ-18文学賞読者賞を受賞。おもな著書に受賞作を収録した『主婦病』、『私の裸』など、参加アンソロジーに『黒い結婚 白い結婚』がある。

母親病《ははおやびょう》

2021年6月15日　発行

著者／森《もり》 美樹《みき》

発行者／佐藤隆信

発行所／株式会社新潮社

〒162-8711 東京都新宿区矢来町71

電話　編集部 (03)3266-5411

読者係 (03)3266-5111

https://www.shinchosha.co.jp

装幀／新潮社装幀室

印刷所／錦明印刷株式会社

製本所／大口製本印刷株式会社

乱丁・落丁本は、ご面倒ですが小社読者係宛お送り下さい。
送料小社負担にてお取替えいたします。
価格はカバーに表示してあります。

ISBN 978-4-10-339093-0 C0093